中公文庫

江戸の雷神

死化粧

鈴木英治

中央公論新社

目次

主な登場人物

伊香雷蔵《いこうらいぞう》……旗本。亡き父・丙蔵は長崎奉行を務めた。その勇猛さで「江戸の雷神」と呼ばれ、町人に人気がある火付盗賊改役だったが、罷免された。風葉流の秘剣「土竜」と「鳶」を使う。

安斎六右衛門《あんざいろくえもん》……陸奥五本松仁和家で使番を務めていた浪人。用心棒などをして暮らしていたが、現在は雷蔵と起居をともにしている。真明眼流の達人。

玄慈《げんじ》……身寄りのない子供たちを育てる帆縷寺の住職。裏の顔は「匠小僧」と呼ばれる凄腕の盗賊だったが、雷蔵の忠告に従い盗みをやめた。

鷺坂三郎《さぎさかさぶろう》……北町奉行を務める雷蔵の幼馴染み・奈古屋冬兵衛の部下。定町廻り同心。

鬼子田太門《きしだたもん》……五本松時代に六右衛門に仕えていた、安斎家の元用人。

佃助《でんすけ》……米沢町一丁目の口入屋・高崎屋のあるじ。

長飛《ちょうひ》……鮫ヶ橋谷町で富士診庵という医療所を開く、若き蘭方の女医。唐人拳法の遣い手。

江戸の雷神　死化粧

第一章

一

深川三間町《ふかがわさんげんちょう》に入った。

北町奉行所から急ぎに急いだために、定町廻《じょうまちまわ》り同心の高浜卓四郎《たかはまたくしろう》は息が切れていた。

――このくらいでへばってしまうなど、鍛え方があまりに足らぬ。

今朝《けさ》はひどく冷え込み、いまだに大気はさして緩んでいないが、すでに汗をたっぷりとかいていた。

「晴七《せいしち》、どこだ」

前を行く中間《ちゅうげん》に卓四郎は声をかけた。

「まことに申し訳ないのですが、手前にはわかりかねます」

振り返り、晴七が途方に暮れたような顔をする。

「ちょっと人にきいてきます」

卓四郎からすっと離れた晴七が、そばを通りかかった女を呼び止める。

近所の女房らしい女は、娘が殺された場所を知っており、すらすらと道順を述べた。女に礼をいって、晴七が卓四郎のもとに戻ってきた。

「場所はわかりました。旦那、まいりましょう」

晴七の先導で、卓四郎は足早に歩き出した。その後いくつかの角を曲がると、狭い路地の入口が見えてきた。

「あの路地の先のはずです」

深川三間町は縄張内にあるから、卓四郎はこれまで数え切れないほどこの町に足を運んでいるが、晴七が指さした路地に入るのは初めてだ。かなり入り組んだ場所に路地はあり、深川を熟知しているはずの晴七がわからないというのも無理はなかった。

小走りに進んで、卓四郎たちは路地に足を踏み入れた。おでんのにおいがするな、と思ったら、こんにゃくや豆腐、里芋、はんぺんなどが空の鍋とともに足元に転がっていた。

――なんだ、これは。

首を傾《かし》げたが、高浜の旦那、と名を呼ばれ、卓四郎はそちらを見た。岡《おか》っ引《ぴき》の保次《やすじ》が路地の奥に立っており、手招いている。

「保次、早くからご苦労だな」

保次の前で足を止め、卓四郎はねぎらいの言葉をかけた。

「いえ、これも務めでございますから」

路地には奥行きがあまりなく、六間ほどで行き止まりになっていた。

「旦那、こちらでございます」

保次にいわれ、卓四郎は、うむ、とうなずいた。目の前の盛り上がった筵《むしろ》を見つめる。

「めくりますよ」

筵がゆっくりと持ち上げられ、卓四郎は死骸を目の当たりにした。地面から血のにおいが立ち上り、むせそうになる。娘の着物にかかった血が黒みを帯び、ぶちまけられたように地面にも広がっていた。

むせるのはなんとかこらえたが、代わりに、むう、とうなり声が出た。四人目の犠牲者が出てしまったか、と内心でため息をついた。

しゃがみ込み、卓四郎は若い娘の骸《むくろ》に顔を近づけた。娘はまるで斬られた痛みなど感じなかったかのように、穏やかな顔をしている。これまでの三人と同様、白い頬にうっすらと笑みを浮かべているようにさえ見えた。

まだ二十歳《はたち》にもなっていないのではあるまいか。この若さで世を去るなど、あまりに理不尽だ。下手人に対する怒りと憎しみが、ふつふつと湧いてくる。

――下手人を同じ目に遭わせてやりたい。

拳《こぶし》を握り締め、卓四郎は本気で思った。下手人をこの手で斬ることができたら、どんなにか心が晴れるだろう。

卓四郎は立ち上がり、路地の入口近くに散らばっているおでんの具を見た。

――娘はどこかこの近くでおでんを買って帰るときに襲われ、下手人にこの路地に引き込まれたということか……。

娘は近所の者と考えてよいだろう。

――おでんを買ったとき、まさかそのあとすぐに死ぬことになるとは、思いもしなかっただろうな。

かわいそうに、と卓四郎は思った。

娘は、袈裟懸《けさが》けで一刀のもとに殺されている。すさまじい切り口としかいいようがなく、娘の体につけられた太刀筋《たちすじ》からして、下手人が相当の遣い手であるのは疑いようがない。

やはり下手人は侍だろうか、と卓四郎はこれまで何度も考えたことを、また脳裏に思い浮かべた。ここ深川三間町の周辺には大身、小身を問わず、武家屋敷がびっしりと建ち並んでいる。

だが、今は町人のあいだでも剣術熱は相当のものである。町人にも筋のよい者はいくらでもいるはずだ。

——侍が下手人という疑いはかなり濃いが、やはり決めつけるのは早計だな。侍でも町人でも、ともかく一刻も早く下手人を見つけなければならぬ……。

卓四郎は背中をあぶられるような焦りを覚えた。下手人を捕らえなければ、また新たな犠牲者が出てしまう。

——同じことは、三人目の犠牲者を目の前にしたときも考えたが……。

なにしろ、たったひと月のあいだに四人もの娘が斬り殺されたのだ。いずれも同一の下手人による犯行であるのは明らかである。

殺された娘たちは仰向けにされ、全員が丹念に死化粧《しにげしょう》を施されていた。顔には白粉《おしろい》が丁寧に塗られ、唇には赤く紅をさされ、両手は胸で合わせられている。

町奉行所だけでなく、もちろん火盗改《かとうあらため》も必死に探索を行っているはずだ。だが、下手人を捕縛したという話は聞かない。

これまで、下手人を指し示す証拠はなにも得られていない。白粉や紅が、どこで売られているものなのか、それもわかっていない。

——下手人につながる証拠を、なんとしても見つけなければならぬ。

今回、下手人は行き止まりの路地で凶行に及んだ。ここは昼間でも、ほとんど人けがない路地であろう。夜ならなおさらで、人が入り込むことなど、まずないはずだ。

そのことを下手人は知っていたのだ。人が繁《しげ》く通る場所なら、死骸に化粧を施せるはずがない。人が滅多に来ないことがわかっていたからこそ、落ち着いて死化粧ができたのだ。

——下手人は、このあたりに土地鑑のある者でまちがいなかろう。

これまで殺された三人も、ここからそう離れていないところで殺害された。もしかすると、と卓四郎は思った。下手人はこの娘のことを、知っていたのかもしれない。

——狙いを定めて仕留めたのか……。

これまでも、人がほとんど入り込みそうもないところへ娘たちは連れ込まれて斬り殺され、死化粧を施された。神社横の細い路地、破《や》れ寺の裏、草木の生い茂った川端だ。

かたわらに控えている岡っ引を、卓四郎は呼んだ。へい、と答えて保次がしわ深い顔を向けてくる。

「ところで、保次」

「誰がこの仏を見つけた」

「納豆売りでございます」

「行商人か。その納豆売りはこの路地に入り込んで、仏を見つけたのだな」

「さようで。いつもこの路地で、立ち小便をしていくようでございまして、今朝も同じことを……」

立ち小便を毎朝の習わしにしていたのか、と卓四郎は思った。血のにおいに紛れているのか、小便のにおいはしないが、納豆売りにそんな習慣があったおかげで、仏が見つかったのだ。もしこの路地を素通りしていたら、仏はいつ見つかったか知れたものではない。

「その納豆売りの名は」

「厳吉《げんきち》さんといいます」

卓四郎は新たな問いを投げた。

「どこにいる」

それらしい人物は近くに見当たらない。

「仏を見つけた厳吉さんは、あわてて自身番に知らせました。下手人はもちろん、なにも見てもいないことがはっきりしていましたし、本人も行商に行きたがっていたので」

「引き止めず商売に行かせたのか」

へい、と保次がうなずいた。

「いけなかったでしょうか」

「いや、構わぬ。血の乾き具合からすると、この仏が殺されたのは、昨晩の早い刻限だろう。おそらく宵の五つから九つのあいだだな。もっと絞れば、五つから四つにかけてか……。厳吉は今朝早く、ここで仏を見つけたに過ぎぬ。なにも見ておらぬというのは、まことのことだろう」

保次が黙って頭を下げる。

「保次、この娘の身元はわかっているのか」

「へい、わかっております」

この町内にある味噌醤油《みそしょうゆ》問屋の薩田《さった》屋の奉公人だそうだ。

「名は」

「おようさんと……」

「歳《とし》は」

「十八とのことです」

いかにも辛《つら》そうに保次が答えた。この娘はまだ十八だったのか、と卓四郎は無念に思った。

――まだまだやりたいことが、たくさんあっただろうに……。

「おようさんは昨晩の五つ頃、この近所の煮売り酒屋におでんを買いに来たそうです。煮売り酒屋は吉沢《よしざわ》屋というんですが、そこの主人の雁吉《がんきち》さんが、高浜の旦那がいらっしゃる前に、昨晩おようさんが来たことを話してくれました」

「そうか。わかった」

　小さくうなずいたとき卓四郎の目は、十徳《じっとく》を羽織った男が、路地をこちらにやってくる姿を捉えた。検死医師の唱観《しょうかん》である。助手の若者を一人連れていた。

「先生、おはようございます。お忙しいところ、ありがとうございます」

　唱観に歩み寄り、卓四郎は挨拶した。

「ああ、高浜さま、遅くなって済みません」

「いえ、別に遅くはありませぬ」

「そうおっしゃっていただけると、胸が軽くなります。ああ、仏はそちらですね」

　さようです、と答えて卓四郎は唱観を死骸のそばに連れていった。

　しゃがみ込んだ唱観が瞑目《めいもく》して合掌する。助手は立ったまま手を合わせている。

　唱観が目を開け、娘の検死をはじめた。袈裟懸けに斬られた傷をじっと見、娘の瞳をのぞき込むようにした。助手に命じて死骸を丁重にひっくり返させ、ほかに傷がないか確かめる。死骸の両手になにか付着していないか、それもじっくりと調べていた。

　やがて立ち上がった唱観は、助手が差し出した手ぬぐいで手を丁寧に拭いた。それから卓四郎に目を当てる。

「この娘御が殺されたのは、昨夜の五つから四つのあいだではないでしょうか」

俺の見立て通りか、と卓四郎は思ったが、なにもうれしくなかった。

「ほかにそれらしい傷はありません。下手人は一太刀でこの娘御を殺しています。すさまじいものです」

苦々しげな顔で唱観がいった。

「娘御の両手にも、下手人を指し示すような物など付いておりません。残念です」

唱観にはこれまでも、殺された三人の娘の検死をしてもらっていた。それらの検死では、下手人につながるような証拠は得られなかった。それは今回も同じで、唱観はそのことに、申し訳なさと無力さを覚えているようだ。

「こたびの検死の留書《とめがき》は、できるだけ早く出すようにいたします」

「承知いたしました。唱観先生、まことにありがとうございました」

深く頭を下げて卓四郎は、路地を歩き出した唱観と助手を見送った。

「保次、薩田屋におようのことを知らせてあるのか」

保次に眼差《まなざ》しを注いで卓四郎はきいた。

「へい、とうに知らせてあります。しかし、薩田屋の者はちっとも来ませんね。いったいなにをしているんですかね」

苛立《いらだ》ったように保次が首をひねった。

「よし、薩田屋まで行ってみよう」

わかりやした、と応じて保次が先導をはじめる。そのあとを卓四郎はついていった。晴七が後ろに続く。

薩田屋は、惨劇のあった路地から一町ほど離れたところにあった。町としては深川北森《きたもり》下町《したちょう》になる。

縄張内の大店《おおだな》ということもあり、卓四郎が顔見知りの奉公人も何人かいる。

薩田屋は上方《かみがた》から江戸に出店したのではなく、百年ばかり前に江戸生まれの者がこの地で興した歴史ある店だと聞いている。

薩田屋は開いていたが、どこか落ち着きがなく、ざわついていた。おようが殺されたとの知らせがあったからかと思えたが、どうやらそれだけではなさそうな気もした。

なにかあったんですかね、とつぶやいて保次が、しぼんで張りの感じられない暖簾《のれん》を静かに払う。

保次に続いて卓四郎が細長い土間に入ると、一人の男が店座敷を滑るように近づいてきた。二番番頭の健蔵《たけぞう》である。一礼して畳の上に端座した。

「なにかあったのか」

すぐさま卓四郎は問いを発した。

「はい、実は旦那さまが……」

暗い顔で健蔵が委細を話しはじめた。

おようの死を伝えられたことで、あるじの担右衛門《たんえもん》がめまいを起こし、倒れたというのだ。もともと肝の臓が悪いこともあり、今にも死んでしまうのではないかというほどの顔色になったらしい。

それで医者をあわてて呼ぶなどして、店は騒ぎになっており、おようが殺された路地に人をやる余裕がなかったとのことだ。

「担右衛門の具合はどうだ」

雪駄《せった》を脱いで店座敷に上がった卓四郎は、健蔵にたずねた。

「お医者によれば、命には別状がないとのことでございます。十日ばかりは安静にしていなければならないようですが……」

「命に別状はないのか。それはよかった」

「お気遣い、ありがとうございます」

「それでおようのことだが」

卓四郎が水を向けると、はい、と健蔵がかしこまった。

「おようの遺骸は、すぐに引き取りに行かせます」

「よろしく頼む。昨晩、おようは吉沢屋におでんを買いに行ったのだな」

「さようにございます。ひどく寒かったこともあり、旦那さまが好物の吉沢屋のおでんを食べたいとおっしゃいまして……」

痛ましそうに健蔵が顔を伏せた。

「先ほど旦那さまが倒れたのも、おようが殺されたことを気に病んだためと存じます。外に出ていったきり戻ってこないおようを案じ、奉公人たちは昨晩から何度も捜しに出ていたのでございます。しかし、おようは見つかりませんでした」

無念そうに健蔵が肩を落とす。つまり、と卓四郎は思った。あの行き止まりの路地には誰も行かなかったということか。わかりにくい路地だから、致し方ない面はある。

「健蔵、おまえたちは、この界隈《かいわい》で若い娘が三人も殺されていることを知らなかったのか」

卓四郎に問われて健蔵がうつむいた。

「存じておりました。しかし、まさか店の者が手にかかるとは、夢にも思っていませんでした」

「おように二親はいるのか」

「いえ、おりません。兄弟姉妹も一人もいないとのことでございました」

身寄りがなかったのか、と卓四郎は思った。

——幸せなどほとんど感じることなく、あの世に行ったことになるのか……。

「おようは買物など雑用を担うために、雇われていたのだな」

「さようにございます」

卓四郎を見つめて健蔵が首肯する。

「買物だけでなく、食事や掃除などの雑用を他の二人の女中とともにこなしておりました。働き者で、性格も明るく、皆に好かれておりました。あんなにいい娘が死んでしまったという実感が、手前にはまだまったくございません」

呆然《ぼうぜん》としたように健蔵が天井を見上げる。

「昨晩、おようがこの店を出たのはいつのことだ」

健蔵が顔を戻し、卓四郎を見る。

「暮れの六つ半を四半刻ばかり過ぎていた頃かと存じます。言い訳になりますが、そんな刻限におでんを買いに行くと聞いて手前は不安を抱き、男の奉公人と一緒に行くようにいったのです。しかしおようは笑って、大丈夫ですよ、と。あのときなんで供をつけなかったのか」

　くうっ、と悔しげにうめいて顔をゆがめ、健蔵が涙をぽろぽろとこぼしはじめた。

　その様子を目の当たりにして卓四郎は、必ず下手人を捕らえてやると、改めて闘志を燃やした。

二

　竹刀《しない》を構えた姿勢が美しく、しかもまったく隙がない。伊香雷蔵《いこうらいぞう》は嘆声を漏らしかけた。安斎六右衛門《あんざいろくえもん》とは一間を隔てて対峙《たいじ》しているが、まるで眼前に巨大な岩がそそり立っているようだ。

　これが仮に真剣での勝負だったとしても、思い切り打ち込んだところで、あっさり弾《はじ》き返されるのは目に見えている。

　——鬼気迫る強さとは、こういうことをいうのか。

　雷蔵は実感した気分だ。前に六右衛門は、雷蔵が師範代を務める今枝《いまえだ》道場に道場破りに来たことがある。そのとき雷蔵は秘剣の土竜《もぐら》と鳶《とんび》を使い、かろうじて勝ちをおさめた。しかし、あのときの勝利は、竹刀が得物《えもの》だったからに過ぎない。

このあいだ雷蔵はこの屋敷で三人の刺客に襲われたが、六右衛門が助勢《じょせい》にあらわれ、窮地を救ってくれた。妙な剣を使われて雷蔵が苦戦した相手に、六右衛門はすんなりと勝ってみせたのだ。

そのとき雷蔵は、六右衛門との本当の腕のちがいを覚《さと》ったのである。

――せっかく安斎どのが、稽古の相手をしてくれているのだ。怯《ひる》んでどうする。やるしかあるまい。

行くぞっ、と自らに気合を入れ、雷蔵は深く踏み込んだ。竹刀を上段から振り下ろしていく。がしん、と強烈な衝撃が伝わり、両腕が万歳しそうになるのをなんとか押さえ込む。

姿勢を低くした六右衛門が雷蔵の胴を狙ってきていた。雷蔵は竹刀を回し、それを上からはたき落とした。

ばしん、と激しい音が立ったが、六右衛門の竹刀は雷蔵の斬撃《ざんげき》をものともしなかった。鎌首をもたげた竹刀が鋭く浮き上がり、雷蔵の顔を打とうとした。

予測もしなかった素早い反撃に面食らったが、咄嗟《とっさ》に雷蔵は顔を背けた。だが、竹刀がかすかに顎をかすっていった。

よけられた、と思い、体勢を立て直そうとしたが、頭の奥を打たれたような衝撃を感じた。同時に頭がひどく揺れたような気がした。

——なんだ、これは。

戸惑《とまど》いながらも雷蔵は竹刀を正眼に構えようとしたが、体がふらつき、まっすぐ立っていられなくなった。膝に力が入らず、これはいったいどうしたことだ、と驚きつつ尻からへたり込んだ。

足腰からも力が抜けており、立ち上がることができなかった。まるで自分の体ではなくなったかのようだ。

——なにが起きた……。

雷蔵が戦えなくなったのを覚り、六右衛門が竹刀をだらりと下に向けた。

「まいった」

六右衛門を見上げて、雷蔵は降参するしかなかった。

「雷蔵どの、大丈夫か」

「ああ、大丈夫だ。だが、驚いた。まだ立ち上がれぬ」

腕に力は入るが、足ががくがくと小刻みに震え、自由にならない。

「そうであろうな」

すべてを承知したような顔で六右衛門が顎を引く。

「正直わしもわけまでは知らぬが、人というのは顎を打たれると、体がふらつき、立っていられなくなる」

その言葉に雷蔵は驚きを禁じ得ない。

「まさか竹刀で顎をかすられただけで、こんな風になってしまうとは……」

六右衛門を見上げて雷蔵はふと気づいた。

「よもや安斎どのは、俺の顎をかするよう狙ったのではあるまいな」

「まあ、そういうことだ」

小さく笑みを浮かべて六右衛門が認めた。なんと、と雷蔵は目を丸くした。

「そんな真似《まね》ができるとは、さすがとしかいいようがない」

「なに、大したことではない。おぬしもやろうと思えばできる」

まことにそうなのかな、と雷蔵は首をひねったが、本気にしてもよいかもしれぬ、と考え直した。六右衛門は世辞などいわないからだ。

「よし、今度、やってみることにいたそう」

足の震えが消えたことに気づき、雷蔵はゆっくりと立ち上がった。

六右衛門が手を貸してくれた。六右衛門の手のひらは温かかった。

「かたじけない」

礼をいって雷蔵は、しゃんとした。

「次は、もう少しおぬしをあわてさせたいものよ。なかなか難儀なことだろうが……」

「いや、おぬしは強い。これまでわしが見てきた中で、最も強い男だ。わしをあわてさせることなど、たやすかろう」

「まことか」

「そうさ。おぬしはすごい男だ」

まじめな顔で六右衛門が断言する。

「わかった、信じよう」

笑顔で答えて雷蔵は六右衛門をいざなった。

「安斎どの、そろそろ朝餉《あさげ》にしようではないか。腹が減っただろう。もう支度は済んでいるのではないかな」

あたりには、味噌汁のにおいが漂ってきている。女中の五十江《いそえ》が朝餉の支度にいそしんでくれているのだ。

「それはありがたい」

六右衛門が口の端に笑みを刻んだ。

「実は腹ぺこで、いつ朝餉のことをいってくれるか、待ち焦がれていたのだ」

こんな軽口を叩《たた》くようになるとは、と雷蔵は六右衛門のことを微笑《ほほえ》ましく感じた。

――だいぶ打ち解けてきてくれたようだ。

濡縁《ぬれえん》から屋敷に上がり、雷蔵は六右衛門とともに居間に入った。寒がりの雷蔵のため、大きな火鉢に赤々と炭火が熾《おこ》っており、居間は暖かかった。

腰高障子を閉めた雷蔵は六右衛門と向かい合わせに座った。座した途端、吐息が自然に漏れ出た。こんなところにも歳を感じるな、と思った。

――俺ももう三十二だ。無理もあるまい。

雷蔵たちが居間に落ち着くのを見計らっていたらしく、二つの膳を持って五十江がやってきた。居間には、すでに櫃《ひつ》と味噌汁の入った鍋が置かれている。

「五十江、いつもありがとう」

「とんでもない。お待ち遠さまでした」

五十江が二つの膳を丁寧に置いていく。焼《や》き鮭《ざけ》に卵、納豆、梅干しという献立だ。

「こいつはまた豪勢だ」

膳を見て六右衛門が目をみはる。

「滅多にここまでの献立はないが、たまにはよかろう」

「まことにありがたい」

六右衛門はうれしくてならない様子だ。

にこにこして雷蔵と六右衛門のやり取りを見ていた五十江が、櫃からほかほかと湯気を上げる飯を茶碗《ちゃわん》に盛り、鍋からわかめと豆腐の味噌汁を椀《わん》によそった。

「どうぞ、お召し上がりください」

「では安斎どの、いただこう」

「いただきます」

一礼して六右衛門が箸を取り、まず味噌汁をすすった。

「これはまた、よい出汁《だし》が出ているな。実にうまい」

「畏《おそ》れ入ります」

褒められて五十江が六右衛門に礼をいう。

雷蔵は卵を割って箸で溶き、納豆が入っている呑水《とんすい》に入れた。よくかき混ぜてから、醤油を垂らした。それを飯の上にすべてのせる。

うまそうだ。心でつぶやき、雷蔵は箸で飯をかき込みはじめた。

「お殿さま、そんなに急いで召し上がらずともよろしゅうございましょう」

横から五十江がたしなめる。

「ああ、五十江のいう通りだ。急いで食べてよいことなど、一つもない」

「はい、ゆっくりとお召し上がりください」

五十江の言葉に素直に従い、雷蔵はゆるゆると箸を動かしはじめた。

「お殿さまは聞き分けがようございますね」

「親の躾《しつけ》がよかったのだろう」

「そうかもしれませぬ。お殿さまのご両親はよくできたお方でございましたから」

なにも口を挟まず、黙々と食事をしていた六右衛門が不意に、くすり、と笑った。

「安斎どの、なにかおかしかったか」

箸を止めて、雷蔵はきいた。

「いや、わしも妻に同じようなことをいわれておったな、と思い出してな……」

穏やかな口調で六右衛門が語った。

「そういえば、おぬしも食べるのがずいぶん早いな」

「幼き頃より早食いだ。それは長じても直らぬ……」

「安斎さま、おかわりは」

六右衛門の茶碗が空になっていることに気づき、五十江が問うた。

「ああ、かたじけない。いただこう」

六右衛門から茶碗を受け取った五十江が、いっぱいに飯をよそう。

「どうぞ」

茶碗を受けて、六右衛門が再び飯を食べはじめる。

「こんなにおいしい食事を食せるなど、まだ信じられぬ。江戸は夢のような場所だな」

この言葉は、と雷蔵は思った。きっと大袈裟でもなんでもないのだろう。

おそらく六右衛門は少禄の武家の出で、食事は常に貧しかったのではないか。白飯もほとんど食べたことがなく、せいぜい五分づきの玄米が主食だったのではないだろうか。

食事を終えた雷蔵と六右衛門は、五十江が淹《い》れてくれた茶を喫した。

「茶もうまいな」

「茶を飲むと、気持ちが落ち着く。体にもよいらしい」

「そういえば、薬として唐土《もろこし》から持ち込まれたと聞いたことがある」

「その通りだ」

六右衛門に目を当て、雷蔵は首肯した。

「平安の昔、伝教大師《でんきょうだいし》最澄《さいちょう》が唐土から我が国に持ち込み、その後、鎌倉の世になって栄《えい》西《さい》禅師が『喫茶養生記《きっさようじょうき》』を著すなどして広めた。『喫茶養生記』には薬としての効能が記されている」

「そうか、薬としての効能がな。しかしさすがに雷蔵どのは詳しいな。よく書物を読んでいる証《あかし》だ」

「書物は大好きだ」

ほかのことで忙しくしばらく読まずにいると、飢《かつ》えるように書物がほしくなってくるほどである。

「読むと読まぬとでは、頭の出来がだいぶちがってくると、小さな頃に父にいわれていたゆえ、一所懸命に読んだ。読むうちに書物の楽しさに引き込まれていった。今は書物なしでの暮らしなど考えられぬ」

「わしも書物は好きだ。書物の虫というほどではないが……」

あの、と五十江があいだを割るように話しかけてきた。

「お話が弾んでいるところ、申し訳ないのですが、もうお下げしてよろしいですか」

「もちろんだ。五十江、馳走《ちそう》になった」

お粗末さまでした、と答えて五十江が二つの膳を手に持つ。

「とてもおいしかった。五十江どの、ありがとう」

五十江を見上げて、六右衛門が礼を口にした。五十江がにこりと笑う。

「安斎さまに褒められて、天にも昇るような心地でございますよ」

腰高障子を開けて五十江が廊下に出、ひざまずいて障子を閉める。影が足早に廊下を去っていく。

「雷蔵どの」

なにか決意したような顔で、六右衛門が呼びかけてきた。

「わしの身の上を聞いてくれるか」

ついにその気になったのか、と雷蔵は目を少し見開いた。

「もちろんだ」

かたじけない、と低頭し、間を置くことなく六右衛門が語りはじめる。

「わしは陸奥《むつ》五本松《ごほんまつ》仁和《にんな》家の家中で、使番《つかいばん》を務めていた」

五本松といえば、と雷蔵は思った。天守は築かれなかったとはいえ、陸奥でも有数の名城として名がある。いつか見に行きたいと考えていたくらいだ。

「ある日、わしが他家への三泊四日の使いを終えて五本松に帰ったところ、屋敷で妻が死んでいた。流産での死だったが、それを引き起こしたのは主君の仁和越前守《えちぜんのかみ》長茂《ながもち》だった」

なんと、と雷蔵は瞠目《どうもく》した。長茂は老中首座の松平《まつだいら》伊豆守《いずのかみ》の実弟だ。仁和家に養子で入ったことは知っている。

「長茂はわしの留守中、こたびの六右衛門の使いについて聞きたいことがあると妻を下屋敷に呼び出し、手込めにしたのだ。妻は五本松小町と呼ばれたほどの美貌で、長茂は前から懸想《けそう》していたらしい」

少しあいだを置いてから六右衛門が続ける。

「手込めにされたせいで妻は流産した。わしは妻の無念を晴らすために葬儀の翌日、城内二の丸御殿に赴き、長茂を討った。その後は屋敷に戻って腹を切ろうと考えていたが、急に死ぬのが馬鹿馬鹿しくなり、あるだけの金子《きんす》を家臣や奉公人に与えて、五本松を一人で出奔した」

行く当てもなかったが、六右衛門は江戸を目指した。江戸に行けばなんとか生きていけるのではないかと思い、金などろくになかったが、なんとかたどり着いた。

「安斎どのは主君を斬り殺したために、今も主家から狙われているということか」

そのような事情ではないかと、ある程度、推測していたものの、さすがに雷蔵は驚きを隠せない。

「この前おぬしは、元主家に狙われているといったが、襲ってきた四人は仁和家の討手《うって》なのだな」

「その通りだ」

唇を嚙《か》み締め、六右衛門が肯定した。

「あのときは雷蔵どのが拳法を使い、四人を叩きのめしたが、三泊四日の使いの際、わしの相役だった者も討手の中にいた。できれば斬りたくなかったゆえ、雷蔵どのが加勢してくれて、まことに助かった」

「刀を抜いていたとはいえ、おぬしの物腰に迷いが見えたゆえ、斬りたくないのだと判断した。それで、四人を気絶させることにした」

「そうであったか。心より感謝する」

六右衛門が静かにこうべを垂れた。安斎どの、と雷蔵は呼んだ。

なにかな、と六右衛門が面《おもて》を上げる。

「その前に雷蔵どの、わしのことは六右衛門と呼び捨てにしてくれ。おぬしのほうが歳上でもあるし、そのほうがわしも気楽だ」

「ならば、六右衛門」

いわれた通り雷蔵は呼び捨てにした。

「越前守長茂といえば、松平伊豆守の弟だ。伊豆守はおぬしへの報復を今も考えているだろう。なにしろ、蛇のように執念深い男だからな」

「確かにそのように聞いている」

「実際におぬしは、松平伊豆守の懐刀若林《わかばやし》堅《けん》太郎《たろう》と長屋で戦っているな」

このあいだ雷蔵は、松平伊豆守の役宅を出て仁旺教《じんおうきょう》の宗祖である多顕尼《たあきに》のもとへ向かう若林のあとをつけたが、右肩に傷を負っているせいで若林はぎこちない歩き方をしていた。あの右肩の傷こそ、六右衛門が負わせたものにちがいない。

「あの男は若林堅太郎というのか」

長屋での戦いを思い出したか、六右衛門がやや厳しい顔になった。

「刺客に選ばれるだけのことはあり、腕はすさまじいものだった」

「それでも、おぬしはやつに傷を負わせ、退けたではないか」

「この前もいったが、かろうじて勝ちを拾ったようなものだ。わしは何度か冷や汗をかかされた」

「若林はそれほどの腕か……。伊豆守に命じられ、やつはまた襲ってくるかもしれぬぞ」

「十分に考えられよう。しかし大丈夫だ。心構えはできている」

しっかりと覚悟を決めたような表情で六右衛門がいった。

「もし若林に襲われたら、今度は返り討ちにするしかあるまい。わしはまだ死ぬ気はない」

「それを聞いて安心した」

湯飲みを茶托《ちゃたく》に置いて、雷蔵は居住まいを正した。

「六右衛門、つい先日おぬしにきかれたが、俺がどうして兄を殺したも同然なのか、そのわけを話そう」

六右衛門は少し驚いたようだ。

「雷蔵どの、よいのか」

「もちろんだ。おぬしが身の上を話してくれたのだ。わしも話さなければ恰好《かっこう》がつかぬ」

雷蔵は、兄の要太郎《ようたろう》が数名の仲間とともに商家への押し込みを行い、その後、雷蔵に追い詰められて自害して果てたことを語った。

「そうであったか。そのようなことが……」

雷蔵の話を聞いて、六右衛門は納得したようだ。

「兄御がそのような罪を犯したゆえ、おぬしは火盗改の頭をやめたのだな」

「正しくいえば、やめさせられたのだが……。今は命があるだけありがたい。あのときは切腹も十分に考えられたゆえ」

「兄御がそのような真似をしたのなら、もっともであろうな」

六右衛門が同意し、言葉を続ける。

「雷蔵どのが死なずに済んで、本当によかった。もし雷蔵どのが死んでいたら、江戸の者の嘆きや悲しみは、いかほどのものだったか」

「清々した者も少なくなかっただろうが……」

「それは悪人どものことだな」

にやりとしたが、六右衛門がすぐに真顔になった。

「悪人どもによい思いをさせぬためにも、おぬしには長生きしてほしい」

「大丈夫だ。俺はそうたやすく、くたばりはせぬ」

六右衛門を見つめて雷蔵は言い切った。

「頼もしい言葉だ」

うれしそうに笑ったが、すぐに笑みを消し、六右衛門がまた真剣な顔を見せた。

「雷蔵どの、今日、わしは仕事を探しに行く。おぬしにいつまでも迷惑はかけられぬ」

「いや、いつまでもいてもらって構わぬのだが……」

「そういうわけにはいかぬ」

きっぱりといって、六右衛門が首を横に振った。

「おぬしに甘えてばかりでは、いつまでたっても、この江戸で一人で生きていくための術《すべ》を得られぬ」

「止めはせぬが、命を狙われている身であることは、忘れぬようにしてくれ」

「よくわかっている。だがわしも雷蔵どのと同様、たやすくくたばりはせぬ」

「それで、仕事はなにをするつもりだ」

興を引かれ、雷蔵はたずねた。

「やはり用心棒がよいな。性に合っている。住み込めるのもよい」

「そういえば、両替商の三笠《みかさ》屋で用心棒をしていたといっていたな」

「あの店は飛び抜けて給銀がよかったが、あるじの紀左衛門《きざえもん》が病で死んでしまった。二度と雇われることはあるまい。わしは、また新たな雇い主を探さねばならぬ」

「では、口入《くちいれ》屋に行くのだな」

「そのつもりだ」

張り切った顔で六右衛門がうなずいた。

三

そのとき、廊下をやってくる足音を、雷蔵の耳は捉えた。

「殿」

腰高障子越しに呼びかけてきたのは、用人《ようにん》の田浦栄之進《たうらえいのしん》である。

「栄之進、どうした」

するすると腰高障子が開き、栄之進が顔をのぞかせた。

「来客にございます。玄慈《げんじ》さんが見えました」

玄慈が、と雷蔵は思った。何用だろう。

「通してくれ」

「こちらにお通しして、よろしゅうございますか」

「ああ、ここでよい」

承知いたしました、と栄之進が腰高障子を閉めた。足音が廊下を遠ざかっていく。

「雷蔵どの、わしはこれで失礼する」

来客というのに遠慮したか、六右衛門が立ち上がりかけた。

「いや、六右衛門、待ってくれ。玄慈に引き合わせたい」

それを聞いて、六右衛門が意外そうな顔になる。

「なにゆえ引き合わせようというのかな」

「玄慈は俺の友垣《ともがき》であり、また志を同じくする者だからだ。紹介したい」

「志とは、例のよりよい江戸をつくるというものだな」

そうだ、と雷蔵は答えた。

「わかった。会おう」

六右衛門が快諾し、静かに座り直した。かたじけない、と礼をいって立ち上がった雷蔵は廊下に出、腰高障子を閉めた。さすがに廊下は寒く、底冷えしている。

栄之進に連れられて玄慈がやってきた。

「雷蔵さん、おはよう」

手を上げ、玄慈が挨拶する。おはよう、と雷蔵は笑みを浮かべて返した。

「玄慈、よく来た」

「散歩に出て、この近くまで足を延ばしたんだ。せっかくここまで来たのなら、雷蔵さんの顔を見て帰ろうと思ってな。五十肩のこともあるし。肩は大丈夫か」

「今のところは平気だ」

「それは残念だ。治っていなければ、俺の技を存分に味わってもらおうと思っていたのに」

未練がましい口調で玄慈がいった。

「痛いのは勘弁だ」

顔をしかめて雷蔵は答えた。

「ところで玄慈、おぬしに引き合わせたい者がいるのだが、会ってくれるか」

雷蔵にいわれて玄慈が怪訝《けげん》そうな顔になる。

「さて、どなたかな」

「ここで待ってもらっている。安斎六右衛門どのという」

「安斎さん……」

玄慈は心当たりがないという表情だ。それも当たり前だろう。二人はいまだ面識がないはずだ。

「会うのは別に構わんが」

その言葉を聞いて雷蔵は手を伸ばし、腰高障子をからりと開けた。

「玄慈、入ってくれ」

うなずいて敷居をまたいだ玄慈が、六右衛門を見て、明らかにぎくりとした。声を失っている。

首を傾げ、六右衛門はいぶかしそうに玄慈を見ている。

「玄慈、どうかしたか」

意外なことの成り行きに、雷蔵も驚かざるを得なかった。

「もしや二人は知り合いか」

「いや、あの……」

困ったように玄慈が口ごもる。

「玄慈、まあ座れ」

雷蔵にいわれて、そうだな、と玄慈が端座する。改めて六右衛門を見て、つぶやく。

「なぜこのお方がここに……」

身じろぎして、六右衛門が眼光鋭く玄慈を見る。

「おぬしは、このあいだ薬種問屋の伊豆見《いずみ》屋にいたな。奉公人となにやら話していたが」

「その通りだ」

玄慈が言葉少なに認めた。

「あの店には友垣がおって……」

「おぬしとはよそでも一度、会っておらぬか」

どこで会っているのか、六右衛門はとうに承知している顔だ。むっ、と玄慈が言葉に詰まり、雷蔵を見る。

もしや玄慈は、と雷蔵は覚った。

——匠《たくみ》小《こ》僧《ぞう》として、三笠屋に忍び込んだことがあるのではないか。六右衛門は三笠屋の用心棒として働いていた。二人は鉢合わせしたことがあり、六右衛門はそのときのことをいっているのではあるまいか。

「会っている。三笠屋だ」

観念したような顔で玄慈が答えた。

「やはりそうであったか」

合点がいったような声を六右衛門が出した。

「おぬしは、あのときの盗人《ぬすっと》だな。匠小僧といったと思うが……」

「そうだ。俺は匠小僧だ」

　玄慈が堂々と正体を明かした。

「俺は、三笠屋の用心棒をしていたあんたに斬られそうになった。まことに死んだと思ったよ」

「よくよけたな。わしも、まさかよけられるとは思わなんだ。さすが匠小僧だけのことはある。大したものだ」

　案の定そんないきさつがあったのだな、と雷蔵は納得した。

――六右衛門が玄慈を斬り殺さずに済んでよかった。

「あのときの怖さは心に染みつき、いつまでたっても消えなかった。俺はあの日を境に、盗人から足を洗う決意をした。だから、あんたは恩人といえる」

「わしの剣が、おぬしの役に立ったということならなによりだ。ところでおぬしは、よりよい江戸をつくるための仲間だと聞いたが」

「その通りだ」

　肩を張って玄慈がうなずいた。

「雷蔵さんとともに、誇りを持ってやり遂げるつもりだ」

「そうか、誇りを持ってな……」

噛み締めるような口調で、六右衛門が独りごちた。

玄慈、と雷蔵は呼びかけた。

「おぬしに渡そうと思っていた物がある。これを持っていてくれ」

懐から根《ね》付《つけ》を取り出し、雷蔵は手渡した。

「こいつはすごい」

根付を見つめて玄慈が嘆声を放つ。

「雷神の根付というのを初めて目にしたが、見事なつくりとしかいいようがない」

「初めて見たときは俺も心が震えた……」

雲に乗った雷神が両手に桴《ばち》を持ち、太鼓を打ち鳴らしている。髪が風に逆立ち、全身の筋肉が隆と盛り上がり、空を翔《かけ》るかのように雷神が躍動している。轟《とどろ》く雷鳴が聞こえてくるかのような臨場感がある。

「玄慈、その根付は仲間の証だ。よりよい江戸をつくろうとする者のな」

「ありがたし。生涯、大事にする」

根付を手に玄慈は感激の面持ちだ。

「わしにはもらえぬのか」

横から六右衛門がせがむようにいった。おっ、と雷蔵は目を見開いた。

「六右衛門、おぬしも我らと志を同じゅうしてもらえるのか」

「うむ。よりよい江戸をつくるために、わしも力になりたい」

力強い口調で六右衛門が申し出た。なんともうれしいことだ、と雷蔵は破顔した。

「六右衛門が加わってくれるなら千人力《せんにんりき》だ。敵に回したら恐ろしいことこの上ないが、味方ならこれほど心強い男はおらぬ」

「まったくだ」

玄慈が大きく顎を引いた。

「俺はそのことを、身をもって知っている」

首をすくめる仕草をした玄慈を見て雷蔵は、ふふ、と小さく笑った。

「では六右衛門、これを差し上げよう」

雷蔵は懐から同じ意匠の根付を取り出し、渡した。そっと手に取り、六右衛門が目を落とす。

「これも素晴らしい。実によい出来だ」

そうであろう、と雷蔵はうなずいた。

「父が骨董《こっとう》好きで、根付も集めていた。その二つは、同じ職人の手によるものだろう」

「この職人の腕は、図抜けておるな。これほどの出来の根付だ。さぞ高価だったのではないか」

「そうかもしれぬが、俺にはよくわからぬ。父しか値は知らぬ」

「おぬしは同じ物を持たぬのか」

六右衛門にきかれ、雷蔵はにこりとした。

「実は持っておるのだ」

袂《たもと》に落とし込んでいた根付を取り出し、二人に見せる。

「これだ」

ほう、と六右衛門が声を出した。

「三つとも同じ意匠だな」

「どれも甲乙つけがたい出来だ」

三つの根付に目をやって、玄慈が目を輝かせる。

「これだけの根付を持っておれば、なにかよいことが起きるような気がする」

手にしていた根付を、玄慈が慈しむように懐にしまい入れた。

「雷蔵さん、俺はこれで引き上げる。安斎さん、これからよろしく頼む」

「玄慈どの、力を合わせてまいろう」

笑みを頰にたたえて六右衛門がいった。

「六右衛門さん、俺のことは呼び捨てでけっこうだ」

「承知した」

「雷蔵さん、なにかあれば必ずつなぎをくれ。すぐに駆けつけるゆえ」

「わかった」

手を上げ、玄慈が部屋を出ていった。

「よし、わしも出かけるとしよう」

六右衛門が立ち上がろうとしたとき、またしても栄之進がやってきた。

「殿、客人でございます」

「珍しいな、立て続けに来客とは。今度はどなただ」

「それが初めての方で、枡吉《ますきち》さんと名乗っております」

おっ、と雷蔵は声を上げた。

「ついに来たか」

おや、という表情で栄之進が雷蔵を見る。

「殿の友垣でいらっしゃいますか」

「いや、まだ友垣とはいえぬ。だが、もしかすると、枡吉はこの屋敷に奉公することになるかもしれぬ」

「ええっ」

なにも知らされていない栄之進が驚き、雷蔵を凝視する。六右衛門は、どういうことだ、と興味を引かれたような顔をしていた。

「栄之進、通してくれ」

承知いたしました、と驚きをなんとかおさめた表情で栄之進が腰高障子を閉めた。

「ところで、六右衛門は蕎麦切《そばき》りは好きか」

「大好きだ。国元では三日に一度は食していた。五本松は蕎麦処《どころ》でな、うまい蕎麦屋が何軒もあった」

「それならちょうどよい。六右衛門、一緒に蕎麦切りの味見をしてくれぬか」

「味見だと。では、その枡吉とやらが蕎麦を打つのだな」

「むろん、つゆもつくるが……」

「味見ができるなんて、むしろ楽しみだ。江戸に来てから、蕎麦切りは口にしておらぬゆえ」

「そうだったか。朝餉を食べてさほどたっておらぬが、腹に入るか」

「蕎麦切りなら、いくらでも入る」

「それは俺も同じだ」

栄之進に連れられて、枡吉がやってきた。

「枡吉、来たか」

深く頭を下げつつ部屋に入ってきた枡吉は、少し照れたような顔をしていた。

「はい、臆面もなく来てしまいました」

「臆面もなくなどと、いわずともよい。俺は、いつ来てくれるかと、首を長くして待っていたぞ」

「ありがたいお言葉です。あっしの腕を、なんとしても伊香さまに見ていただきたいと思い……。いえ、正直に申し上げます。実は、おっかさんに背中を押されたんですよ。そんなによい話をいただいたなら、行かなきゃ駄目だって」

「よいおっかさんだな」

「はい、とても」

母親を褒められて、枡吉が人のよさそうな笑顔を見せた。

——このあいだ会ったときは、いざこざばかり起こしている様子だったが、本当は素直な若者なのだろう。なにか世の中に不満でもあったのではないか。

「こちらは俺の友垣で、安斎六右衛門という。大の蕎麦好きゆえ、今日は一緒におぬしの腕を見てもらう」

「わかりました。よろしくお願いします」

「楽しみにしておる。枡吉どの、がんばってくれ」

枡吉に励ましの声をかけた六右衛門が、雷蔵に顔を向ける。

「雷蔵どの、枡吉どのとはどのような知り合いだ」

雷蔵はすぐさま説明した。前に一膳飯屋で、鯵《あじ》の塩焼きを食べたら骨が喉に刺さった、医者代を出せと枡吉が店主夫婦に因縁をつけていた。止めに入った雷蔵は、枡吉が蕎麦切りをつくることを得意にしていると知り、我が屋敷に来るように誘ったのだ。俺を満足させる蕎麦切りを打てたら、奉公させてやると約束したのである。

「なるほど、そのような縁だったか。そういう者を蕎麦打ちに誘うなど、いかにも雷蔵どのらしい」

六右衛門は合点がいった顔つきだ。

「それで伊香さま。こちらには、蕎麦打ちの道具はあるのでしょうか」

枡吉にきかれ、雷蔵は点頭した。

「枡吉がいつ来てもよいように、すべて用意してある。蕎麦粉も打ち粉もある。出汁用の昆布や鰹節《かつおぶし》もな」

「それは助かります」

「残念ながら俺はうまい蕎麦は打てずじまいだったが、何度か蕎麦打ちに挑戦したことがあるのだ。それで道具の用意だけはある」

雷蔵は立ち上がり、六右衛門と枡吉をいざなった。

「さっそく台所にまいろう」

雷蔵たちは連れ立って台所に入った。雷蔵は台所にしつらえてある物置から、蕎麦打ち道具を運び出した。伸《の》し板、伸し棒、こね鉢、小間板、麺切包丁などだ。そのほかに蕎麦を打つための台も出した。

「枡吉、これらを使ってくれ」

「わかりました」

鉢巻をきりりと締め、枡吉が蕎麦打ち台の前に立った。こね鉢に蕎麦粉を入れ、適量の水を注ぎ入れる。手で蕎麦粉をこねはじめた。

手際よく蕎麦切りづくりを進める枡吉を、雷蔵は台所の板の間にあぐらをかいて眺めた。雷蔵の向かいで六右衛門も、食い入るように枡吉の様子を見守っている。

四

四半刻《しはんとき》後、枡吉が打った蕎麦切りが茹《ゆ》で上がった。水で蕎麦切りを引き締め、水気を切ってざるに盛りつける。すでにつゆと薬味の類は膳に置かれ、雷蔵たちの前にあった。

二枚のざる蕎麦を、こわばった顔つきの枡吉が持ってきた。どうぞ、とざる蕎麦を膳の上にのせる。

「お召し上がりください」

緊張しているらしく、声がわずかに震えていた。

「こいつはうまそうだ」

「まことに」

すぐさま六右衛門が同意する。

「腕のよい職人が打った蕎麦切りのように見える」

「瑞々《みずみず》しくて味もよさそうだ。よし、六右衛門、いただこう」

雷蔵は蕎麦切りに箸を伸ばした。遅れじとばかりに六右衛門も同じようにする。

「あっ、言い忘れたことがありました。ちょっと待ってください」

枡吉が雷蔵たちを制止する。雷蔵と六右衛門はどうしたという顔を向けた。

「つゆは少し薄めにしてあります」

「なぜだ。蕎麦切りのつゆといえば、濃い目が当たり前だが……」

「あっしの好みでしかないんですが、蕎麦切りにたっぷりとつゆをつけて、ずるずるとたくさん手繰《たぐ》るほうが、ずっとおいしいと思うんですよ。よく、蕎麦切りの先にちょんちょんと濃いつゆをつけて食べるのが粋だといわれるんですが、あの食べ方はあっしにはどうも物足りなくて……」

「わかった。つゆをたっぷりとつけて食べればよいのだな」

「さようです。その分、つゆも多めに用意しました。つゆも蕎麦切りも、おかわりはいくらでもあります」

「枡吉の蕎麦切りなのだから、枡吉流の食べ方でいただくことにしよう」

雷蔵も六右衛門も蕎麦猪口《ちょこ》に蕎麦切りを入れ、つゆの中に沈めるようにしてから食した。

「うむ、うまい」

雷蔵の口から自然に声が出た。

「まことですか」

うれしげに枡吉がきいてくる。

「まことだ。蕎麦切りの腰もちょうどいいし、つゆも出汁が利いてよい味だ。これは鰹節と昆布で、丁寧に出汁を取ったからだな」

「わしも雷蔵どのと同じ意見だ。つゆと蕎麦切りが絶妙な塩梅《あんばい》になっている。蕎麦切りがうまくてもつゆがあまりよくない店は多いが、この蕎麦切りはちがう。素晴らしい出来だ」

「あ、ありがとうございます」

その後、雷蔵と六右衛門は蕎麦切りを食べ続け、ざるをあっという間に空にした。おかわりをもらい、すべて食した。

すっかり満腹になった雷蔵は箸を膳に置き、六右衛門にたずねた。

「六右衛門、どう思う」

ははは、と六右衛門が明るく笑う。こんな笑顔を見るのは初めてだな、と雷蔵は心の底から喜びを覚えた。

「これで合格でなかったら、どんな蕎麦切りならよいのかということになろう」

「確かにな……」

雷蔵は、土間に立ってかしこまっている枡吉を見つめた。厳《おごそ》かな声で宣する。

「枡吉、そなたを我が伊香家の料理人として雇うことにいたす」

「あ、ありがとうございます」

やったあ、と叫んで跳び上がらんばかりに喜ぶかと思ったが、枡吉は肩の荷が下りたという風情で、喜び方も控えめだ。

「今日のために、何度も何度も一所懸命に蕎麦切りをつくったんですよ。おっかさんに味を見てもらい……」

うつむき、涙ぐんでいる。

「そうだったのか……」

――それでなかなか来なかったのか。やはり努力は大事だな。努力は人を裏切らぬ。それに、これだけ必死にがんばれる男なら、我が屋敷に奉公させても、なにも問題はあるまい。

「枡吉、まことにうまかった。蕎麦切りもつゆも、俺の舌を存分に楽しませてくれた」

「わしも格別にうまいと感じた。このままおぬしが店を出しても、繁盛するのではないだろうか。枡吉どのの蕎麦切りよりも、うまくない店はいくらでもあろう。まことに恐れ入った」

感服したといわんばかりに六右衛門が頭を下げた。

「これほどの蕎麦切りを毎日食せるのなら、この屋敷を出ていかずともよいかもしれぬ」

まるでいたずらっ子のように六右衛門が笑う。こんな顔もする男だったのか、と雷蔵は少し驚いた。

「六右衛門、まことにずっといてくれてよいのだぞ」

「考えておく」

「頼む」

雷蔵は枡吉に顔を向けた。

「枡吉、いつでもよいゆえ、この屋敷にまいれ。住処《すみか》と布団は用意いたす」

「あの、明日からでもよろしいですか」

「むろん構わぬ。ただし、この屋敷に奉公するとなれば、酒を飲むことは許さぬ。酒は毒水ゆえ、飲んでよいことなど一つもない。枡吉、それでもよいか」

一瞬、枡吉が眉を曇らせた。が、すぐに思い直したのか、得心したような顔になった。生き方を変えなければ、と思ったのかもしれない。

「わかりました。酒は飲みません」

「それでよい。では枡吉、改めて申しつける。おぬしを、我が伊香家の蕎麦方奉公人として迎え入れるゆえ、明日より励むように」

「蕎麦方奉公人ですか……」

「俺がいま思いついたのだが、こういう呼び名はいやか」

「畏れ多い感じがいたしますが、よい呼び名かと存じます」

「それならよい。給銀だが――」

　伊香さま、と枡吉が雷蔵の言葉を遮った。

「それは明日、お聞きします。あっしは伊香さまのお屋敷に奉公できるだけで、満足ですから」

「そうか。ならば、そういたそう」

「今日はいったん失礼し、母親に奉公が叶《かな》ったことを知らせてから、明日またまいります」

「そうか。待っておる」

　一礼した枡吉が、ほくほくとした顔で台所を出ていった。

五

　日が頭上に昇り、少し暑いくらいだ。朝はずいぶん冷え込んだが、今は風もあまりなく、ほどよい暖かさだ。歩いていても少し汗ばむほどである。

道は本郷元町《ほんごうもとまち》に入った。枡吉が生まれ、育った町だ。

気持ちが弾んでいるせいか、見慣れた景色もどこか新鮮で、光り輝いているように見える。足取りも軽やかだ。

――ついに武家に仕えることができたぞ。しかも江戸の雷神の蕎麦方奉公人だ。

枡吉は、その呼び名が誇らしくてならなかった。

――まさかこんな日が来るとは、夢にも思わなかったなあ……。

十三のとき父親が病で死んだ。すぐに枡吉は商家に奉公をはじめたが、ほんの二月《ふたつき》でその商家を辞めることになった。他の商家に移っても、なかなか馴染《なじ》めず、仕事もうまくいかなかった。歳上の奉公人と喧嘩《けんか》しては、奉公先を辞めることの繰り返しだった。

唯一、東濃《とうのう》屋という蕎麦屋だけは長続きし、三年ばかり奉公できた。

――銀造《ぎんぞう》の野郎が意地の悪い男でなかったら、あそこではもっと長く働けたんだ。

兄弟子の銀造は枡吉のなにが気に入らなかったのか、なんやかんやと難癖をつけてはいじめてきた。あるじが優しい人柄で腕がよく、働き甲斐《がい》を感じていた店《たな》でもあり、枡吉は怒りを抑えつけて耐えていたが、銀造が枡吉の弟弟子の小七《しょうしち》を苛《さいな》んでいるのを見て、ついに我慢ができなくなった。銀造をこてんぱんに叩きのめして、東濃屋を飛び出したのである。

もし銀造が町奉行所に訴え出ていたら、目上の者に狼藉《ろうぜき》をはたらいた廉《かど》で枡吉は捕らえられ、下手《へた》をすれば、遠島もあったかもしれない。儒教の精神に雁字搦《がんじがら》めになっている御《お》上《かみ》は、親や主人に対する目下の者の狼藉、乱暴に対しては、ことのほか厳しいからだ。

しかし、銀造は枡吉にのされたことを恥と考えたのか、町奉行所に訴え出るような真似はしなかったようだ。東濃屋のあるじが、思いとどまるように口添えしてくれたのかもしれない。

だがその後、枡吉が蕎麦を打ちたくて蕎麦屋に奉公しようとしても、東濃屋での一件が多くの店に知れ渡っていたらしく、どこにも奉公は叶わなかった。

そのために枡吉は自暴自棄となり、いろいろな人に見境なくいちゃもんをつけて回るようになった。

雷蔵と一膳飯屋で顔を合わせたときも、鯵の骨が喉に刺さったと因縁をつけていたのだ。

——思えば、あの一膳飯屋で江戸の雷神に会えたのは、俺に運が舞い込むようにと、神さまが引き合わせてくれたんだろうさ。でなければ、あんなところで江戸の雷神に会うわけがねえ。しかも、屋敷に蕎麦打ちに来るようにいってくれたんだぞ。

雷蔵には感謝しかない。俺はがんばってご奉公するぞ、と枡吉は力こぶをつくるような気持ちで誓った。

——江戸の雷神に、いつか日本一の蕎麦切りを食べてもらうんだ。

歩き続けるうちに、母親のおみちが住む裏長屋が見えてきた。おっかさんはいるかな、と胸の高ぶりを覚えつつ枡吉はさらに足を早めた。

——いるに決まっているさ。おっかさんだって、俺が江戸の雷神を殿さまと仰げるようになったか、知りたくてならねえはずだ。俺が来るのを、今か今かと待ち焦がれているにちげえねえ。

長屋は狭い路地を挟んで、八つの店が向かい合わせに建っている。

枡吉は長屋の木戸をくぐって路地を進み、右側の五番目の店の前に立った。どんどん、と障子戸を叩く。

「おっかさん、いるかい」

はーい、と女の声で返事があった。やっぱりいてくれたか、と枡吉は頬を緩ませた。

建てつけの悪い障子戸ががたがた音を立てて開き、おみちが顔を見せた。

——この障子戸も、なんとかしなきゃいけねえな。

長屋の大家に、いくらいっても修繕してくれないのだ。

——まあ、いいさ。俺が伊香さまからいただく給銀で直してやる。

「枡吉、どうだった」

ごくりと唾を飲み、心配そうにおみちがきいてきた。

「この顔を見りゃ、わかるだろ」

目を上げ、おみちが枡吉をじっと見る。

「なんとなく機嫌がよさそうに見えるね」

首を何度か横に振り、おみちが苦笑する。

「なんとなくってなんだい。機嫌がいいに決まっているさ」

「子供の頃はいつもにこにこしてかわいかったのに、最近のおまえはいつもしかめっ面ばかりしているから、機嫌がいいのか悪いのか、あたしにもわかりゃしない」

「実の母親なのにかい」

「そうだよ。でも、うまくいったようだね」

おみちが晴れがましい笑顔を見せた。

「そうさ、合格だ。明日から江戸の雷神のお屋敷に奉公だ」

「ああ、よかった」

おみちが手を胸に当て、ほっとしたような仕草をする。跳びはねるとか、万歳をするとか、もっと大仰に喜ぶかと思っていたために、枡吉は少し拍子抜けした。

気づくと、おみちがうつむき、両手で顔を覆っていた。

「おっかさん、どうかしたのか」

「馬鹿、わからないのかい」

うううぅ、と顔を伏せたおみちがうめくような声を出した。それで、おみちが嗚咽《おえつ》していることを枡吉は解した。

――おいらの奉公が叶ったことで、泣いてくれているのか。

「おっかさん、苦労をかけたんだな」

細い肩に触れると、おみちが涙に濡《ぬ》れた面を上げた。

「当たり前だよ。東濃屋さんを辞めたおまえがすっかりぐれちまって、あたしは本当に心配したんだよ。人さまに悪さばかりして、いくら言い聞かせても聞く耳を持たないし、いつか殺されちまうんじゃないかって……」

「そんなにあっさりと死にはしねえよ」

「人の生き死になんて、誰にもわかるものじゃないんだ」

怒りをたたえた声をおみちがぶつけてきた。

「おまえのおとっつぁんだって、元気だけが取り柄の人だったのに、病がわかってほんの三日であの世に逝っちまったんだから」

「ああ、そうだったな」

——おとっつぁんは、本当にあっけなく死んじまったよ。悲しむ暇なんか、ろくにありゃしなかった……。

「おまえのことが案じられて、あたしは気の休まる暇がなかったよ。今まで弱い人とばかり喧嘩していたからなにもなかったけど、例の一膳飯屋で、おまえが江戸の雷神に斬り殺されていたって、なにもおかしいことはなかった……」

そうかもしれねえな、と枡吉は首筋にひやりとしたものを覚えた。

——あのとき俺は、江戸の雷神に喧嘩を挑もうとしていたんだから……。

「おまえ、真っ当になるんだよ。江戸の雷神は、神さまがおまえに引き合わせてくれたお人なんだからね」

俺も同じことを考えていたんだ、と枡吉が口にする前に、おみちが言葉を続けた。

「おまえのことが心配で、あたしは毎日、この近くにある神社すべてにお参りしていたんだ。せがれが真っ当な道を歩めるよう、なんとかしてくださいって。神さまは、あたしの願いを叶えてくださったんだ。本当によく見ていてくださるねえ」

そうだったのか、と枡吉は胸が熱くなった。

——おっかさんは毎日、俺のために……。

「ああ、真っ当になるよ」

拳を振り上げ、枡吉は、どんと胸を叩いた。あまりに強く叩きすぎ、げほげほと咳《せき》が出た。

「大丈夫かい。おまえは相変わらずどじだねえ。江戸の雷神も、よくこんな男を雇おうって気になったものだよ」

「江戸の雷神は神さまだけに、心が広いからな」

「そうなんだろうねえ」

しみじみとした口調でおみちがいう。

「今回のことは、おいらに与えられた最後の機会だろう。真っ当にならなきゃ、ばちが当たっちまう」

「そうだよ。がんばんな。仕事は辛いときもあるから、弱音はいくらでも吐いていいさ。だけど、なにはともあれがんばるんだよ。この世で人が生きていくには、それしかないんだ」

「うん、肝に銘じるよ」

それで、とおみちがいった。

「いつからご奉公に上がるんだい」

「明日からだって、さっきいったばかりじゃねえか」

「ああ、そうだったかねえ」

怪訝そうにおみちが首を傾げた。

「布団なんかはどうするんだい。持っていくのかい」

「いや、いらないよ。向こうで用意してくれるんだ」

「まあ、そうなんだねえ」

「ほとんど着の身着のままで行けばいいはずだよ。俺の仕事は蕎麦打ちだし」

「着の身着のままなら、楽でいいねえ。ねえ、枡吉」

語調を改めておみちが呼びかけてきた。

「せっかくご奉公が決まったんだから、なにかおいしいものでも食べに行こうか」

「おっかさん、済まないけど」

申し訳ないという思いを込めて枡吉はかぶりを振った。

「今日はこれから飲みに行くつもりなんだ。お屋敷では酒を一切飲めないから」

えっ、とおみちがびっくりしたような声を出した。

「お屋敷では禁酒なのかい。なかなか厳しいねえ」

もっとも、おみちは酒を一滴も飲めない。死んだ父親は大好きだったらしいから、枡吉は父親の血を濃く引いているのだろう。

「それなら、今日が最後のお酒になるねえ。でも、あまり飲み過ぎないようにね。おまえのおとっつぁんは、酒の飲み過ぎで命を縮めたようなものだから」

「よくわかっているさ。おとっつぁんのしくじりを繰り返す気はないよ」

「頼むよ、本当に」

　おみちが懇願するようにいう。

「わかってるって。——じゃあ、おっかさん。そろそろ行くよ」

「気をつけてね。ああ、そうだ。あたしは江戸の雷神のお屋敷に、挨拶に行かなくていいのかい」

　気づいたようにおみちがきいてきた。

「明日、給銀とか決めてくださるそうだから、そのときにおっかさんの挨拶のこともきいてみるよ」

「そうしておくれ」

「じゃあ、これで。しばらく会えないかもしれないけど、元気でいてくれよ」

「おまえもね」

　おみちと別れ、枡吉は道を歩きはじめた。

　——ああ、やはりおっかさんはありがたいなあ。一緒においしいものを食べに行くほうがよかったかな。いや、やっぱり今日はたっぷり飲まねえとな。明日からは一滴も口にできねえんだから……。

どの店に行くのが一番よいか、枡吉は真剣に考えはじめた。

六

誰《たれ》かある、と呼んだ。

間を置くことなく、用人の栄之進が居間に駆けつけた。

「お呼びでございますか」

腰高障子を開けて雷蔵にきく。

「ちょっと出かけてくる。米造《よねぞう》を供に連れていく」

「どちらへいらっしゃるのでございますか」

眉根を寄せ、栄之進が気がかりそうな眼差しを向けてきた。これはつい先日、雷蔵が探索のためとはいえ、八里も離れた入間《いるま》郡勝楽寺《しょうらくじ》村へ愛馬の雪風《ゆきかぜ》を駆って一人で出ていったことが、栄之進の頭にあるからだろう。雷蔵がまた危ない橋を渡る気ではないかと、恐れているのだ。

――あのときは玄慈がたまたま一緒に行くことになったが、鉢合わせた玄慈が用心棒よろしく、気を利かせてついてきてくれたに過ぎぬ。俺がどこへ行くのか、なにをするつもりなのか、栄之進が懸念を抱くのも無理はない……。

「富士診庵《ふじみあん》だ。長飛《ちょうひ》どのに、五十肩を診《み》てもらう」

それを聞いて栄之進が表情を少し和らげた。

「右肩がまた痛むのでございますね」

栄之進が心配そうに雷蔵を見つめる。

「このあいだ市岡《いちおか》さまに鍼《はり》を打ってもらってから、さほど調子は悪くない」

市岡三左衛門《さんざえもん》は若年寄という要職にあるにもかかわらず、雷蔵が五十肩で悩まされていることをどこかで聞きつけ、前触れもなくこの屋敷にやってきて、鍼で治療を施してくれたのだ。

その治療は劇的に効いた。三左衛門のおかげで右肩はだいぶよくなったとはいえ、根治していない以上、またいずれぶりかえすのは目に見えている。予防のために長飛どのに診てもらわねばならぬ、と雷蔵は考えていた。

「長飛どのから教えてもらった運動も、毎日欠かさず行っている。それでも、ときおりずきりと鋭い痛みが走る。また以前のように、夜も眠れなくなるのではないかと考えざるを得ぬ。それに、正直にいえば、長飛どのの顔も見たい」

「殿、そちらが主な目的ではありませぬか」

苦笑を頬に浮かべて栄之進がきく。

「まあ、そうだな」

照れることなく雷蔵は認めた。

「市岡さまには、遠慮せずにわしの鍼を受けに来るがよいといわれているが、若年寄という顕職《けんしょく》にある方に、そうそう気安く頼めるはずもない」

「さようにございますな。なによりご多忙でいらっしゃいましょうし……」

「それゆえ、俺は右肩を診てもらいに富士診庵へ行ってまいる」

わかりました、と栄之進が軽く頭を下げた。

「供は、まことに米造だけでよろしいのでございますか」

うむ、と雷蔵はうなずいた。

「今は別に命を狙われているわけではない。仮に狙われているとしても、供は一人でよい。そのほうが身軽に動ける」

栄之進は雷蔵とじかに稽古をしているから、雷蔵の剣の腕前については十分すぎるほど知っていよう。江戸でも五指に入る剣客であると、雷蔵のことを認めているはずだ。そうそうたやすくやられることはないと、わかっているだろう。

「承知いたしました。では、米造に殿の供につくよう伝えてまいります」

頼む、と雷蔵は栄之進にいった。低頭して栄之進が居間を去った。

立ち上がり、雷蔵は他出の支度を済ませた。居間を出る前に、火箸を使い、火鉢の炭を埋《うず》めた。愛刀の伊勢守重郷《いせのかみしげさと》を刀架から取り、腰に差す。

腰高障子を開け、廊下に出た。もう昼だというのに廊下は冷え切っており、ぶるりと震えが出た。寒さに負けずに胸を張って廊下を歩き、玄関を目指す。

玄関近くに栄之進が座していた。雷蔵はうなずきかけてから式台に下り、三和土《たたき》の雪駄を履いた。

「行ってらっしゃいませ」

雷蔵は振り返り、栄之進を見た。

「行ってまいる。二刻ほどで戻る」

「承知いたしました」

外に出ると陽射しがあり、冷気が居座っていた廊下よりずっと暖かく感じられた。縮んでいた体が伸びやかになるような気がした。

玄関脇に控えていた若党の浅丘《あさおか》米造が寄ってきた。雷蔵に向かって腰をかがめる。

「お供、仕《つかまつ》ります」

「よろしく頼む。米造、まいろう」

はっ、と答えて米造が先導をはじめる。すでに栄之進から、雷蔵がどこへ行こうとしているか教えられているようだ。

雷蔵は、米造とともに富士診庵がある鮫《さめ》ヶ橋谷町《はしたにまち》に向かった。世間話をするでもなくひたすら足早に歩き、四半刻ばかりで富士診庵に着いた。

二階建ての建物の前に立ち、雷蔵は右肩に手を触れてみた。触っただけでは、さほど痛くない。

右肩を軽く回した。うっ、とうめき声が出そうになった。かなりの痛みがある。やはりぶり返しつつあるようだ。

——なかなか治らぬものだな。長飛どのもいっていたが、五十肩は根気よくやるしかないのだ。これは五十肩と俺との戦いだ。辛抱が切れたら負けだ。

「米造、済まぬが、おぬしは外で待っていてくれ。中には、まず入れぬ」

医療所から人いきれのような気配が発せられているのを、雷蔵は感じ取っていた。待合部屋は相当、混み合っているのだろう。

「俺の治療が終わるまで、かなりかかるはずだ。近くに茶店でもあれば、そこで休んでいるがよい。茶代をやろう」

「いえ、けっこうでございます。それがしは、こちらで待たせていただきます」

恐縮したように米造が固辞した。

「無理強いはせぬが、寒くはないか」

「今日は暖かでございますので……」

「そうか。わかった。では行ってくる」

行ってらっしゃいませ、との声を背に受けて、雷蔵は静かに障子戸を開けた。土間には、沓箱《くつばこ》に入り切らなかった履物がたくさん置かれている。

後ろ手に障子戸を閉め、雷蔵は雪駄を脱いで式台に上がった。刀を腰から外し、手に持つ。床に小さな木の台が置かれ、そこに一枚の紙と筆、硯《すずり》がのせられていた。紙に名を記してから、待合部屋で待つようにと指示がなされている。

雷蔵は名を書いてから、目の前の襖《ふすま》を横に滑らせた。待合部屋には、今日も大勢の患者が座していた。

どこにも座るところがなさそうに見えたが、雷蔵のために患者たちが少しずつ詰めてくれた。おかげで雷蔵が座れるだけの場が空いた。

「かたじけない」

患者たちに礼をいって、雷蔵はその場に端座した。

「あの、もしかして江戸の雷神さまじゃありませんか」

向かいに座るしわ深い男が、まさかという思いを露《あら》わにきいてきた。

「うむ、いかにも。俺は伊香雷蔵だ」

「ああ、やっぱり」

男がうれしそうに笑う。雷蔵を見て患者たちがざわついた。

「しかし信じられませんよ。医療所で江戸の雷神さまにお目にかかれるなんて」

男は感激の面持ちだ。

「俺も人の子ゆえ、医者にかかることはある。雷さまと呼ばれてるとはいえ、人さまに噛みつくような真似はせぬゆえ、安心してくれ」

「江戸の雷神さまは、我ら江戸の町人の英雄でございますよ」

かぶりを振り、男が力説する。

「悪人には厳しく、我ら町人にはお優しいお方だと誰もが知っております。ですので、火盗改のお頭を辞められたことを、心から残念に思っておりますよ」

「そうか、ありがたい話だ……。ところで、そなたはどこが悪い」

雷蔵はすぐさま話題を変えた。今の火盗改の頭を務める林勇《はやしゆう》之《の》助《すけ》の評判が、江戸の町人たちの間で芳しくないことは、雷蔵にも聞こえてきている。このまま話が進めば、ここにいる患者たちが雷蔵を称賛する一方で、実名を挙げないまでも非難の矛先を勇之助に向けることは目に見えている。雷蔵としては、そのような事態は避けたかった。

「実は、肝の臓が思わしくないんですよ。長飛先生から酒を断つようにいわれています」

「そなたは、その言いつけを守っているのか」

　優しい口調を心がけて雷蔵はきいた。

「ええ、今のところはなんとか守れています。ときおり、喉をかきむしりたくなるほど飲みたくなりますが……」

「耐えるしかないな。なにしろ酒は毒水だ。先生の言いつけを守るのがよい。さすれば、きっと長生きできよう」

「酒が毒水……」

　男はげんなりした顔つきだ。他の患者も一様に驚いている。

「そうだ。酒を飲んでよいことなど、一つもない」

「しかし、百薬の長ともいいますが……」

「それは酒飲みの言い訳に過ぎぬ。鎌倉の昔に書かれた『徒然草《つれづれぐさ》』にも『万《よろず》の病は酒よりこそ起《おこ》れ』と記されているくらいだ」

「はあ、『徒然草』に……」

「作者の吉田兼好翁《よしだけんこうおう》が、酒は万病の元といい切っておるのだ。昔の人の言葉は、たいてい正しいことを言い当てている。信ずるべきだな」

「はあ」

男が力のない相槌《あいづち》を打った。

「まことに酒は毒なのだ。毒を体に入れて、健やかでいられるはずがない。体を壊すのは当たり前だ」

「なるほど、おっしゃる通りかもしれませんねえ。わかりました」

曲がりかけた背筋を伸ばして、男が居住まいを正した。

「手前は、これからもがんばって禁酒をいたしますよ。それで、江戸の雷神さまはどこがお悪いのでございますか」

「俺は五十肩だ」

顔をしかめて雷蔵は右肩を撫《な》でた。

「だいぶお悪いんでございますか」

案じ顔で男がきいてきた。他の患者たちも興味深げに雷蔵を見ている。

「前に比べたらかなりよくなってきたが、ぶり返すのが怖い」

「江戸の雷神さまでも、怖いものがあるのでございますね。しかし、長飛先生は素晴らしい腕をお持ちですから、きっと治してくださいますよ」

「そうだな。そなたも先生に診てもらっておれば、病は必ず平癒しよう」

「おっしゃる通りでございましょう」

　そのとき、失礼します、と長飛の助手を務める女が待合部屋に入ってきた。

「兵吉《へいきち》さん、どうぞ」

　雷蔵の向かいの男に声をかけた。

「あっ、手前の番が来ました。江戸の雷神さま、これで失礼いたします」

「うむ、話ができて楽しかった」

「畏れ入ります」

　一礼して立ち上がり、兵吉と呼ばれた男が診察部屋に姿を消した。

　その後、雷蔵は他の患者たちと話をして、ときを潰した。兵吉とのやり取りで江戸の雷神が噂《うわさ》通りに気さくな男であると解したらしく、特に歳のいった女たちが遠慮なく話しかけてきたのだ。

　奥方はどんな人なのか、亡くなってしまったなら新たに奥方をもらわないのか、側室は何人持っているのか、岡場所には行くのか、どんな女が好みなのか、子供はいるのか、いないのなら欲しくはないのか、また火盗改のお頭になる気はあるのか、火盗改のお頭を辞めて暮らしは成り立つのか、今はなにを道楽に暮らしているのか、とさまざまな質問が浴びせられた。

それらの問いに、雷蔵はごまかすことなくすらすらと答えていった。

町人たちと屈託のない会話をするのは、心弾むものだった。おかげで、ときが早く過ぎていった。

そのあいだも患者は途切れることなく次々に待合部屋に入ってきていた。

――なんと活気あふれる医療所だろう。

ここまで流行《はや》っている医療所は、江戸広しといえども、ここ富士診庵しかないのではあるまいか。

患者たちとの話が途絶え、待合部屋を沈黙が覆った。そのときからりと襖が開き、一人の若い侍がずいと入ってきた。

ひと目で上等とわかる着物を身につけていた。手にしている刀の拵《こしら》えも相当、金がかかっている。待合部屋の混みようを目の当たりにして、ちっ、と舌打ちした。

若侍が、今日もここは下賤《げせん》な者どもで一杯か、と思っているのを雷蔵は素早く読み取った。若侍の瞳が明瞭にそう語っていた。

若侍と目が合った。若侍は、無礼なやつだ、といわんばかりの眼差しを雷蔵に向けてきた。雷蔵はじっと見返した。

目をそらした若侍がわずかな隙間を見つけて、どかり、とあぐらをかいた。そばにいた数人の患者が、迷惑そうに身じろぐ。

――ずいぶん甘やかされて育ったようだ。きっと父親がよくないのであろう。

しかし、と雷蔵は内心で首を傾げた。この若侍には、どこかで会ったことがあるのではないだろうか。顔に見覚えがあるような気がしてならない。

思い出せなかった。雷蔵の横で、音もなく襖が開いた。診察部屋から出てきた助手が雷蔵に目を当てる。

「伊香さま、どうぞ、いらしてください」

助手に呼ばれ、雷蔵は立ち上がった。

「おい」

先ほど待合部屋に入ってきたばかりの若侍が、傲岸《ごうがん》さを丸出しに声をかけてきた。

「なにかな」

若侍を見下ろして雷蔵はたずねた。

「俺を先にしてくれ」

さすがに雷蔵はむっとしたが、若侍の顔色はあまりよくないように思えた。

――この男、若さに似ず重い病にかかっているのかもしれぬ……。

「よかろう」

「かたじけない」

一応、礼を口にしたが、当然だという顔で若侍が診察部屋に向かおうとした。

不意に診察部屋から人影があらわれた。長飛だった。

「なりません」

若侍の前に立ちはだかり、強い声で告げた。

「太郎《たろう》右衛門《えもん》さま、順番を守ってください」

「なにゆえ」

心外そうに太郎右衛門が長飛に問う。

「当医療所にいらしてくださる皆さまは、すべて順番を守ってくださっています。どんなお方であろうと、順番を抜かすようなことは許されません」

「長飛どの、誰に向かってそのようなことをいっているのか、わかっているのか」

「よくわかっております」

はっきりとした声音で長飛が肯定した。

「太郎右衛門さまのご身分はむろん承知しております。太郎右衛門さまが当医療所にいらっしゃるのは、これが三度目でございますし。前の二度は、不覚にも太郎右衛門さまの横入りを私は気づきませんでしたが、今日は気づきました。ですので、お武家らしからぬ振る舞いを、当医療所のあるじである私が正すのは当然のことです」

「俺はひどく具合が悪いのだ。おぬしにできるだけ早く診てもらおうとすることの、いったいどこが正しくないというのだ」

「当医療所に見えるのは、皆、具合が悪い方ばかりです。それでも皆さま、我慢して待っているのです。太郎右衛門さまもそれに倣っていただきます。いやなら、お帰りください」

「長飛」

　太郎右衛門をにらみつけて長飛が言い放つ。

　目を怒らせ、太郎右衛門が呼び捨てにした。

「そのようなことを申すと、後悔することになるぞ」

「私は後悔など決していたしません」

　太郎右衛門を見つめて、長飛が凛《りん》と答えた。

「長飛、まことにこの俺を待たせるつもりなのか」

「そうだと何度も申し上げております」

「なんと、生意気な女だ」

刀を抜くのではないかと雷蔵が危惧するほど、太郎右衛門は憤怒《ふんぬ》の形相を隠そうともしなかった。怒りのあまり、両肩が激しく上下している。

もし刀を抜いたら、雷蔵はすぐさま背後から取り押さえるつもりでいた。長飛の腕なら、いくら真剣を振りかざそうとも太郎右衛門を倒すのはたやすいだろうが、長飛に手荒な真似をさせたくなかった。

もし長飛が手荒なことをすれば、医者を続けられなくなるかもしれないからだ。身分が高く性格の悪い者はどんな難癖をつけてくるか、知れたものではない。

――荒事を引き受けるのは、この俺だ。

「勝手にせい」

踵《きびす》を返し、太郎右衛門が憤然として待合部屋を出ていった。

はらはらしながら長飛と太郎右衛門との激しい口論を見守っていた患者たちから、一斉に吐息が漏れた。雷蔵も体から力を抜いた。よかった、と思った。

――太郎右衛門という男も、意外に自制が利いたようだな……。

「雷蔵さま」

にこやかに笑い、長飛が呼びかける。

「お入りください」

「わかった」

雷蔵は診察部屋の敷居をまたいだ。長飛の向かいに敷かれた座布団の上に端座する。

「雷蔵さま」

長飛は一転、厳しい顔をしていた。なにか怒られるのだな、と雷蔵は覚った。

「あのような方に、甘い顔をしないほうがよいのではありませんか。雷蔵さまの次で待つ方たちにも、迷惑がかかります」

長飛に指摘されて雷蔵は、はっとした。

「確かに、長飛どののいう通りだ。浅慮であった」

済まなかった、と雷蔵は素直に謝った。

「責めているわけではないのです。おわかりいただければ、よいのです」

「顔色が悪いため重い病にかかっているのではないかと、つい気を遣ってしまった」

「いえ、大したことはないのです。不摂生のせいで、胃の腑《ふ》が弱っているだけですから」

「だが長飛どの、大丈夫か。なにやら権力を笠《かさ》に着ているような男だったが……」

「大丈夫でございましょう」

長飛は平然としている。

「あの方は口先だけで、なにができるというわけでもありません」

「そうなのか。だが、ちと気になる」

「なにが気になるのでございますか」

「太郎右衛門とは、どこかで会ったような気がするのだ」

「えっ、雷蔵さまがあの方と」

不思議そうに長飛が首を傾げる。

「長飛どの、あれは何者だ」

「若年寄の市岡三左衛門さまの跡取りでございます」

間を置くことなく長飛が即答する。

「なにっ」

雷蔵には、にわかに信じられない。三左衛門のせがれがあのような男だとは。

ふむう、と雷蔵は盛大に息をついた。父親と顔が似ていたから、見覚えがあるような気がしたのだ。

——父親がいくら偉かろうとも、出来のよい息子にはなかなか恵まれぬということか。

世間ではよくあることかもしれないが、まさか市岡三左衛門親子がそうだとは、雷蔵は思ってもみなかった。ふと気づいたことがあり、むっ、と雷蔵は眉根を寄せた。

――もしや市岡さまの本性はああいうもので、あのせがれが受け継いでいるということはあるまいな……。

それはなかろう、と雷蔵は自らに言い聞かせるように思った。わざわざ五十肩を治しに来てくれるような人格者が、実は尊大な男ということがあるはずはなかった。

「それにしても、雷蔵さま、ありがとうございました」

いきなり長飛が礼を述べたから、雷蔵は面食らった。

「礼をいわれるようなことは、なにもしておらぬぞ」

いえ、といって長飛が首を横に振った。

「雷蔵さまは、太郎右衛門さまがもし私に斬りかかろうとしたら、後ろから押さえつける気でいらっしゃいましたね」

「その通りだが、今のはそのことへの礼か」

「さようにございます。あれは私を危ない目に遭わせたくないというより、私の仕事のことを慮《おもんぱか》って、太郎右衛門さまを押しとどめようとされたのですね」

「長飛どのの腕なら太郎右衛門とやらを難なく退けられるのはわかっていたが、もし本当にやり合ってしまえば、面倒なことになるのは明白だった。だから、俺が太郎右衛門の相手をしてやろうと思ったのだ。だが長飛どの、よくそこまでわかったな」

「雷蔵さまの性格からして、そうではないかと察しました」

雷蔵を見る長飛の目がきらきらと輝き、眩《まぶ》しいほどだった。

——なんとも美しいおなごになったものだ。

長飛の顔を直視できず、雷蔵は目をそらすしかなかった。

七

日本橋は相変わらず賑《にぎ》やかだ。いったいどこから湧き出てくるのかと思うほど、人であふれている。

人波をかき分けるようにして足早に歩き、安斎六右衛門は米沢町《よねざわちょう》一丁目にある高崎《たかさき》屋の前に立った。

暖簾が風にふんわりと揺れている。まるで、あるじの佃助《でんすけ》の人柄をあらわしているかのようだ。

「ごめん」

暖簾を払って、六右衛門は店内に足を踏み入れた。

暗い土間の奥に狭い店座敷が設けられ、そこに帳場囲いが置かれているのが目に入った。昼間だが、行灯《あんどん》が灯《とも》されている。

「いらっしゃいませ」

帳場囲いの中で帳面に向かっていた佃助が立ち上がり、沓脱《くつぬぎ》の雪駄を履いて土間を進んできた。

「ああ、これは安斎さま。いらっしゃいませ」

小腰をかがめ、佃助が挨拶する。

「その節は、ありがとうございました。三笠屋さんはお気の毒にも亡くなってしまいましたが、番頭さんたちはこぞって、安斎さまの仕事ぶりを褒め称えておりましたよ。旦那さまの用心棒を見事に全うしてくださったと」

三笠屋は同じ日に二度、うらみを持つ二人の男に襲われたが、六右衛門は両度とも撃退してみせた。

三笠屋のあるじ紀左衛門はかすり傷一つ負わなかったが、二度目の襲撃の直後、持病の心の臓の病が高じて急死した。

「そうか、番頭たちがわしの仕事ぶりを褒めてくれたか。それはありがたい。それにしても、三笠屋のことは残念だった」

「おっしゃる通りでございます。いろいろいわれているお方でしたが、実を申し上げますと、善行を密《ひそ》かに積まれていたのでございますよ」

「三笠屋が善行を……」

本当のことなのか、と六右衛門は考えざるを得なかった。これまで二度、三笠屋の用心棒をしたが、誰一人として紀左衛門のよいところなど口にしなかったからだ。

はい、と佃助が顎を引く。

「たとえば、孤児を引き取って育てている家におびただしい米を与えたり、家族に先立たれるなどして身寄りをなくした年寄りがただで住める家を建てたり、一家の大黒柱が病で倒れて稼ぎがなくなった家に利子なしで金を貸しつけたり、見込みのある商売人に返済はいつでもよいと大金を貸与したりと、さまざまなことをされていました」

その事実に、六右衛門は衝撃を受けた。

——これらの行いは、雷蔵どのの精神につながるのではないか。まさに三笠屋は、よりよい江戸をつくろうとしていたように思える。

「三笠屋が、まことにそのようなことをしていたのか」

佃助が嘘《うそ》をつくとは思えなかったが、六右衛門は念のために確かめた。

「はい、されておりました。自分のような者が前に出るのは体裁がよくないとおっしゃり、三笠屋さんは公にしていらっしゃいませんでしたが……」

「そうだったのか。知らなんだ。なんとも惜しい人物を亡くしたものだ……」

「まったくでございます」

同意した佃助が悲しげに目を伏せた。

「三笠屋には跡取りはいるのか。妻や子の姿は一度も見なかったが……」

「いらっしゃいます」

はっきりとした声音で佃助が答えた。

「店とは別の家に母子と、数人の女中とで住んでいらっしゃいます。三笠屋さんはいろいろな者にうらみを買っておりましたから、妻子を危険な目に遭わせたくないと考えて、そうしたそうでございます」

「優しい男だったのだな……」

いま思えば、六右衛門にも細やかな心遣いをしてくれた。食事はおいしかったかとか、いつも気に留めてくれていた。

「ただ、まだ跡取りは小さいので、引き続き善行を施していくのは、難しいかもしれませんね。番頭さんたちがどうするつもりでいるのかで決まるのでしょうが……」

「跡取りが幼いのでは、三笠屋と同じようにはできぬかもしれぬな……」

「はい、おそらくは。今は、大黒柱を失った店を立て直すことで、番頭さんたちも精一杯ではないかと……」

気を取り直したように佃助が面を上げた。

「それで安斎さま、今日は」

「すでに察しはついているだろうが、仕事を探しに来た。これまでと同様、用心棒がよいのだが」

「用心棒でございますか……」

困ったなというように、佃助が表情を曇らせた。

「それが今のところ、用心棒仕事で、これぞというものは、入ってきていないのでございますよ」

「そうか、ないのか……」

ほかの口入屋を当たればよい仕事が見つかるだろうか、と六右衛門は思案した。

――いや、やめておくほうがよい。

今はまだ、三笠屋の仕事で手にした報酬がたっぷりと残っている。焦ることはない。高崎屋に任せておけば、きっとまた実入りのよい仕事を見つけてくれるだろう。

「わかった。わしに回せそうな仕事が来たら、知らせてくれぬか」

「承知いたしました。安斎さまにぴったりの仕事を必ず紹介いたしますよ」

佃助が力強く請け合ってくれた。このあるじなら約束をたがえるようなことは決してなかろう、と六右衛門は思った。

「よろしく頼む」

頭を下げる六右衛門に、佃助が問うた。

「これぞという仕事があった際は、どちらへつなぎを取ればよろしいので」

「ちと遠いが、よいか」

「はい、構いません」

「四谷《よつや》だ。実は、今わしは伊香家に世話になっているのだ」

「伊香さま……」

聞き覚えがあるなという顔で、佃助が首をひねる。思い出したか、えっ、と驚きの声を発した。

「まさかそれは、江戸の雷神のお屋敷ではございませんか」

「そのまさかだ」

あの、と口ごもるように佃助がいった。

「安斎さま、うかがってもよろしゅうございますか。伊香さまと、どうしてそのようなご関係になったのでございますか」

「おぬしが紹介してくれた道場がきっかけだ」

ああ、と佃助が深いうなずきを見せた。

「そういえば、本気の勝負がしたいとのことでしたので、安斎さまに四谷の今枝道場をご紹介いたしましたな。では、まことに今枝道場に行かれたのでございますね」

「行った。そのときに師範代の江戸の雷神と勝負をした」

「勝負の行方はどうなりましたか」

ごくりと喉仏を上下させて、佃助が問うてきた。佃助自身、この店に道場を設けるなど剣術の心得がある男だから、遣い手同士の戦いがどういう結果になったか、気にかかるのだろう。

「わしが負けた」

ぼそりと六右衛門は告げた。

「えっ、まことでございますか」

のけぞるように佃助が驚く。

「手前が手も足も出なかった安斎さまに、江戸の雷神は勝ったのでございますか」

佃助は信じられないという表情だ。

「そうだ。江戸の雷神に秘剣を繰り出され、わしは受け切れなんだ。道場を出たわしは悔しくてならなかった」

「さようでございましょうな。その名にふさわしく、江戸の雷神はまことに強いのでございますな」

「強いな。江戸でもそうはおらぬ腕の持ち主であろう」

いったん言葉を切り、六右衛門は続けた。

「あのときの道場破りが縁で江戸の雷神と知り合い、その後いろいろとあったが、今は伊香屋敷に世話になっている」

「なるほど、人というのは生きていると、いろいろな縁に恵まれるものでございますな」

まったくその通りだ、と六右衛門は相槌を打った。

「ただし、いつまでも江戸の雷神の厚意に甘えてばかりはいられぬ。それゆえ、おぬしに新たな仕事を紹介してもらおうと思うたのだ。用心棒なら当面住み込めるしな」

「そういうことでございましたか。承知いたしました。安斎さま、きっとよい仕事先をご紹介できると存じます。しばらくお待ちになってくださいませ」

「わかった。よろしく頼む」

佃助に別れを告げて、六右衛門は高崎屋をあとにした。さてどこに行くか、と考えた。

ほかに行き場もない。伊香屋敷に帰るしかなさそうだ。

朝餉をたっぷりと食べ、枡吉のつくった蕎麦切りもそのあとに食したというのに、六右衛門は空腹を覚えた。やはり歩くと、腹が減るのだ。

——どこかで飯を食べるとするか。

どの店がよいのか、六右衛門にはわからない。別にまた蕎麦切りでもよかった。よさそうな店が見つかれば、入ろうという気になった。

どこからか焼き魚のにおいがしてきた。一膳飯屋が近くにあるようだ。

右手の路地のほうに、あるのではないか。六右衛門は、においにつられるように歩いていった。

路地を右手に折れると、五間ほど先に五本松という文字が見えた。なに、と六右衛門は目をみはった。

よく見ると、建物の横に掲げられた看板に五本松屋と記されていた。

——あの名からして、五本松出身の者があるじなのだろうか。

江戸で故郷を感じさせるものを目の当たりにして、六右衛門はうれしくなった。五本松屋に足早に近づき、暖簾を払おうとした。

だが、そのとき横合いからいきなり強い眼差しを向けられた。刺客か、と六右衛門はそちらをさっと見た。右手を刀の柄《つか》に置く。

天水桶《てんすいおけ》の陰に一人の男がうずくまり、こちらをじっと見ていた。その男が弾かれたように勢いよく立ち上がった。ぼろをまとい、顔はひげで覆われて、物乞いのようにしか見えなかった。

「殿……」

いきなり男が六右衛門を呼んだ。なにっ、と驚愕《きょうがく》し、六右衛門は男をまじまじと見た。

「太門《たもん》か」

恐ろしく様変わりしていたが、紛れもなく安斎家で用人を務めていた鬼子田《きしだ》太門である。

「お久しゅうございます」

声はかすれていたが、まちがいなかった。長いあいだ主従でいたのだ。声を聞きたがえるはずがなかった。

「江戸に来たのか」

安斎屋敷を出るとき、追えば斬ると家臣たちに命じたが、その半ば脅しに近い言葉に従わず追ってきたのがこの太門だった。あのとき六右衛門は足を早めて振り切ったが、太門はあきらめなかったのだ。

「はっ。殿もしまいには江戸に向かわれるのではと思いまして……」

「わしが江戸に行くとよくわかったな」

「前にご内儀さまが、江戸に行ってみたい、とおっしゃっていたのを思い出しまして……。きっと殿はご内儀さまに、江戸の町を見せるおつもりで向かわれたのではないかと、それがしは勘考いたしました」

「さすがに太門だ。勘がよい」

殿、とつぶやいて太門が近づいてきた。

「お元気そうで、なによりでございます。ああ、ようやく会えた……」

感極まったらしく顔を伏せるや、太門が嗚咽を漏らした。

——江戸にたどり着くまで、人知れぬ苦労を重ねたのであろうな……。

腹は空いておらぬか、とたずねようとして六右衛門はとどまった。目の前の一膳飯屋に入るには、さすがに今の太門の形《なり》は汚すぎるだろう。五本松屋の者は、いやがるにちがいない。

「太門、この五本松屋のそばにいたのは、なにか意味があるのか」

風に揺れる暖簾を見つめて、六右衛門は別の問いを発した。太門が泣き顔を上げた。

「一昨日《おととい》江戸に入ったそれがしは、昨日《きのう》なんとなく、このあたりまで歩いてきました。この路地に入った途端、五本松と記された看板が目に入りました」

言葉を止め、太門が少し疲れたように息継ぎをした。

「江戸に来るまでの道々、それがしは街道沿いにある神社に入っては野宿をいたしました。出立前、殿に会えるよう神頼みを必ずしてまいりました。むろん賽銭《さいせん》は投げられなかったのですが……」

「そうであったか。神社で野宿を……」

もっとも、自分も似たようなものだった。神社ばかりでなく、寺の軒下を借りて眠ったことが何度もある。

六右衛門に控えめに目を当て、太門が話を続ける。

「五本松屋という文字を目にしたそれがしは、これはきっと神さまが殿に引き合わせてくれようとしているのではないかと考えました。であればここを動かずにいれば、殿に必ず会えると信じ……」

本当にその通りになったのだ。しかも、太門がこの路地に来た翌日のことである。驚くべき効験としかいいようがない。

「まことに霊験あらたかだったのだな」

信心深いほうではないが、六右衛門は、神さまは存在すると信じている。鳥居をくぐる前から頭が重くなるような神社には、神さまが鎮座していると思っていた。

太門、と六右衛門は呼んだ。

「昨晩は、この路地で野宿したのだな。寒かったであろう。風邪《かぜ》など引いておらぬか」

「はっ、今のところは大丈夫でございます。寒さの厳しい五本松に比べれば、江戸は過ごしやすいような気がします」

「そうか、それならよいのだが」

しかし、途中からはほぼ飲まず食わずで江戸まで来たのではないか。体は弱りきっているだろう。

これからどうすればよいか、と六右衛門は思案した。必死に江戸へやってきた太門を、すげなく追い返すことなどできるはずもない。

――わしが責任を持って面倒をみなければなるまい。伊香屋敷に連れていき、雷蔵どのに頼るしかないだろうな。

雷蔵は心の広い男だから、きっと太門も受け入れてくれるだろう。

「太門、行く当てはあるのか」

一応、太門にきいてみた。

「いえ、ございませぬ……」

悄然《しょうぜん》とした様子で太門が答えた。

——わしと同様、太門にも江戸に身寄りがあるはずもないからな。

「太門、歩けるか」

「はい、歩けます」

意外にしっかりした声音で太門が答えた。六右衛門に会えたことで、元気が出たのかもしれない。

「ならば、わしについてくるのだ。空腹でならぬだろうが、しばらく我慢してくれ。今から、わしが世話になっているお方の屋敷へ、おまえを連れていく。委細はあとで話すが、そのお方とはちょっとしたことで知り合い、親しくなった」

「はっ、わかりましてございます」

「では、まいろう」

歩き出したものの、太門は体の芯が定まらず、ふらふらしていた。さすがに四谷まで歩き通すのは無理か、と思い、六右衛門は辻駕籠《つじかご》を呼び止めた。

しかし、乗るのが物乞いのような形をしている太門だとわかると、あっさりと駕籠かきに断られた。

「殿、それがしは大丈夫でございます。歩けます」

「そうか。だが太門、手を引いてやろう」

「いえ、しかし……」

「構わぬ」

六右衛門は太門の手を取った。

「まいるぞ」

むろん引きずるような真似はせず、六右衛門は太門に合わせ、できるだけゆっくりと歩いた。

いい歳なのに手を引かれることが恥ずかしいのか、太門は顔を伏せて足を運んでいた。いや、そうではなかった。太門は声もなく泣いていたのだ。

——太門、よく来たな。おまえの顔を見られて、わしはうれしいぞ。

いつもよりかなりときがかかったが、六右衛門たちは無事に伊香屋敷に着いた。手を引いた甲斐があったか、太門は一度もへたり込むことなく、歩き通したのである。

「太門、よくがんばった」

六右衛門は太門をいたわった。門衛にくぐり戸を開けてもらい、太門とともに伊香屋敷の敷地内に入る。

脇玄関の前で太門に、ここで待っているように命じてから、六右衛門は玄関に足を踏み入れた。用人の田浦栄之進が式台に座していた。

六右衛門は、雷蔵がいるかきいた。

「はい、いらっしゃいます。先ほどお戻りになりました」

「話があるゆえ、申し訳ないが、雷蔵どのをこちらに連れてきてくれぬか」

「承知いたしました」

快諾して栄之進が奥に向かっていった。

さほど待つこともなく、栄之進と一緒に雷蔵がやってきた。

「六右衛門、なにかあったのか」

式台に立ったまま雷蔵がきいてきた。

「まさにあったのだ。雷蔵どの、外へ出てくれぬか」

わかった、と雷蔵が雪駄を履き、六右衛門についてきた。

「太門」

立ち止まり、六右衛門は手招いた。庭木の陰にいた太門が近づいてきて、足を止める。

間髪《かんはつ》を容《い》れずに、六右衛門は雷蔵の紹介をはじめた。

「このお方が、今わしが世話になっている伊香雷蔵どのだ。前の火盗改のお頭だった」

「火盗改のお頭……。それがしは鬼子田太門と申します。どうか、お見知り置きを」

雷蔵に向かって太門が深々と辞儀した。疲れ切っているはずなのに、元気な姿を装おうとしているのが、六右衛門にはわかった。

「俺は伊香雷蔵という。太門どの、だいぶ疲れているようだな」

「はっ、い、いえ」

「雷蔵どの」

呼びかけて六右衛門は雷蔵を見つめた。

「この太門は、我が安斎家で用人を務めていた男だ」

それを聞いて雷蔵が目を丸くする。

「太門どのは、六右衛門を追って五本松から来たのだな」

その通りだ、と六右衛門は首肯した。

「太門どの、だいぶ苦労したようだな」

「はっ、い、いえ」

先ほどと同じ答えを太門が返した。

「雷蔵どの、太門をしばらくこの屋敷にいさせてもらえぬだろうか」

虫のよい話だが、と考えつつ六右衛門は雷蔵に頼み込んだ。

「もちろん構わぬ。もし太門どのが望むなら、我が屋敷に奉公してもらってもよい」

「まことか」

六右衛門は勢い込んで雷蔵にたずねた。

「むろんだ」

頬に笑みをたたえて雷蔵が首を縦に振る。

「六右衛門の屋敷で用人を務めていたというのなら、太門どのは陰日向《ひなた》のない実直な男であろう。それに、六右衛門を追って江戸までやってきた気骨が素晴らしい。心から忠義を尽くしてくれる男にちがいあるまい」

雷蔵が口を極めて太門のことを称《たた》えた。

「本当に太門を奉公させてもらえるのなら、これ以上ない話だ」

六右衛門は雷蔵に心から感謝した。

「まずは太門どの、風呂に入るがよかろう」

笑顔で雷蔵が太門に勧めた。

「着替えも用意させよう。心置きなく休んで疲れを取るがよい」

その言葉を聞いて六右衛門は、太門をこの屋敷に連れてきて本当によかった、と思った。

八

伊香屋敷から牛込改代町《うしごめかいたいちょう》にある帆縷寺《はんるじ》に戻った玄慈は厠《かわや》に寄ったのち、本堂に入り、本尊の前に座した。目を閉じ、読経をはじめる。

いつもならすぐに心が落ち着き、経を読むことに没頭できるのに、今日はそうではなかった。どういうわけか、気持ちが静まらない。むしろ胸のざわめきが大きくなっていく。

――なにゆえだ。

わけがわからない。

――雷蔵さんと会ったばかりだというのに。

雷蔵はゆったりとした大海のような男である。すべてを包み込んでくれるような懐の深さがある。

そんな男と気持ちよく会話を交わし、その上に気分が凪《な》いでいくはずの読経をしているのだ。心が休まらなければおかしい。

だが、読経を続けているうちにむしろざわめきは増し、気分すら悪くなってきた。

――もしや、風邪でも引いたか。

　最近は、朝方は特に冷え込んでいる。まるで真冬のような寒さだ。そんな中でも常に薄着でいれば、風邪を引いてもなんら不思議はない。実際に寒けがし、玄慈は頭が痛くなってきた。

――やはり風邪か……。

　引いたとしたら、何年ぶりだろう。いや、だとしても、まだ引きはじめではないか。ならば葛根湯《かっこんとう》を飲むか、と玄慈は思った。伊豆見屋で手代をしている幼馴染みの胆吉《たんきち》もいっていたが、葛根湯は風邪の引きはじめには抜群に効くのだ。風邪をこじらせたらなんの役にも立たない、ともいっていた。

――もし葛根湯で治らなかったら、伊豆見屋で角悠散《かくゆうさん》を買い求めるのがよい。

　一年ほど前、風邪をこじらせたおしまという女の子に、胆吉の助言に従って角悠散を与えたところ、素晴らしい効き目を発揮した。ひどい熱にうなされていたおしまは、角悠散のおかげで、数日後には枕を上げることができたのである。

――それにしても、気分が悪かったり、寒けがしたり、頭が痛かったりするのは、風邪のせいだけではないような気もするが……。

　気持ちがひどくざわめいているのは、なにか悪いことが起きたからではないか。玄慈はそんな気がしてならなかった。

そういえば、前にも同じようなことがあった。

あれは、祖父の俊耕《しゅんこう》が死んだときだ。この寺に引き取って育てている子供たちと同様、玄慈に身寄りはない。

まだ幼い頃、両親が流行り病で死んだからだ。その後は、祖父の俊耕が親代わりになって玄慈を育ててくれた。

俊耕は七十になったばかりの正月十日に亡くなった。死の間際まで背筋をぴんと伸ばし、寺伝来の忍びの術を玄慈に厳しく教えていた。体のどこも悪くなく、顔色もよく、健やかそのもので、百まで生きると自ら豪語していた。

ところがある朝、いつまでも起きてこないことを心配した玄慈が部屋を見に行くと、俊耕は掻巻《かいまき》を着たまま寝床で冷たくなっていた。医者の見立てでは、卒中による死ではないかとのことだった。

――あの日、俺は前夜から落ち着かず、明け方まで眠れなかった。なにやら胸騒ぎがしていたからだ……。

あの晩どうして祖父の様子を見にいかなかったのか、と玄慈は強く後悔したものだ。もし行っていたら、俊耕を助けられたかもしれないのに。

もっとも、検死をした医者によれば、俊耕が死んだのは、寝床に入ってすぐのことだったようだ。宵の五つから四つのあいだに亡くなったのではないか、といわれた。

　つまり玄慈が胸騒ぎを覚えていたときには、俊耕はすでにあの世に旅立っていたのだ。助けるもなにも、玄慈にはどうすることもできなかったのである。

　胸騒ぎがしたときは、そばに俊耕の魂が来ていたのかもしれない。玄慈に向かって、なにか語りかけていたのかもしれない。それで、なんとなく落ち着かなかったのではないだろうか。

　――ならば今回も誰かが死んだというのか。

　誰が死んだというのだろう。魂が今そばに来ているのか。

　だが、玄慈には魂が来ているのかどうか、わかるはずもなかった。霊が見えるという僧侶を何人か知っているが、玄慈にはその手の能力はまったくない。

　嗅覚《きゅうかく》には自信があり、魂からなんらかのにおいが発せられていないか、鼻をくんくんさせてみた。残念ながら、なにも感じなかった。

　ふと背後に人の気配が立ったのが知れた。

「ご住職」

　やってきたのは寺男の季《き》八郎《はちろう》である。玄慈は座ったまま体の向きを変えた。

「来客でございます」

「どなただ」

「薩田屋の番頭さんでございます」

「薩田屋というと、おようが奉公している味噌醤油問屋だな」

「さようにございます」

「番頭は用件をいったか」

「いえ、それがなにも……」

難しい顔をして季八郎が答えた。

「ご住職に、じかにお話しするとのことでございます」

むっ、と玄慈は眉根を寄せた。

――まさか、おようの身になにかあったのではなかろうな。

考えている暇はない。立ち上がるや足を進め、玄慈は回廊に置いてある雪駄を履いた。

「番頭はどこにいる」

「庫裏《くり》の玄関にいらっしゃいます」

本堂の階段を駆け降り、玄慈は庫裏に向かった。玄関の脇に一人の男が立っていた。薩田屋の二番番頭の健蔵である。

ひどく暗い顔をしているのがわかり、玄慈の心に黒雲が一気に広がった。

「あっ、ご住職」

姿勢を正し、健蔵が頭を下げてきた。

「健蔵さん、なにかあったのか」

駆け寄って玄慈は問うた。

「それが……」

いかにも言いにくそうにしていたが、健蔵が思い切ったように口を開いた。

それを聞いて玄慈は愕然とした。

「健蔵さん、それは本当のことか。まさか一杯食わそうとしているのではなかろうな」

冗談めかしていったが、健蔵はまじめな顔を崩さない。

「いえ、おようが何者かに殺されたのは、まことのことです」

「どこにいる」

えっ、と健蔵が戸惑いの顔になる。

「おようだ。今どこにいる」

「手前どもの店におります」

「俺は先に行っている」

健蔵に声をかけるや玄慈は土を蹴って駆けはじめた。ここから深川北森下町まで二里はあり、足早に歩いても一刻近くはかかる。

だが自分の足なら、走れば四半刻ほどで着くのではあるまいか。おようのためにも、一刻も早く駆けつけてやりたかった。

風を切って玄慈は走りに走った。嘘であってほしい。なにかのまちがいではないか。駆けつつ、そんな思いが頭の中をぐるぐると巡った。

薩田屋に向かう途中、三度ばかり人に突き当たりそうになったが、ぎりぎりでなんとかかわした。三人とも男で、どこ見てやがんでえ、と背中に罵声を浴びせてきたが、玄慈は振り返らずに風のように駆けた。

両国橋《りょうごくばし》を走り抜け、竪川《たてかわ》に架かる一《ひと》ツ目《め》之《の》橋《はし》を渡り、深川に入ったが、なかなか薩田屋が見えてこない。じれったかった。

それでも足を緩めることなく玄慈は走り続けた。やがてようやく薩田屋が見えてきた。

店の前で足を止める。汗を一杯にかいていたが、気にせず表口から店内に入った。

線香のにおいが鼻を突く。おようのために線香が焚《た》かれているのだ。おようの死が実感を伴って迫ってきた。

――なにかのまちがいであってくれ。

「あっ、ご住職」

玄慈に気づいて、手代の豊之助《とよのすけ》が寄ってきた。

「このたびは……」

「おようはどこにいる」

豊之助が悔みの言葉をかけようとするのを遮り、玄慈はたずねた。

「あっ、はい。奥の座敷に……」

「上がらせてもらう」

豊之助が返事をする前に雪駄を脱ぎ捨て、玄慈は店座敷に上がった。内暖簾を払い、薄暗い廊下を小走りに奥へ向かう。

座敷の襖が、開け放たれているのが見えた。中ではおびただしい数の線香が焚かれているらしく、廊下まで煙が漂い出ていた。

煙を突っ切るように玄慈は座敷に入った。布団が敷いてあり、白布を顔にかけられて一人の女が横たわっていた。

枕元に、あるじの担右衛門と内儀のおすわが座していた。

重い病に冒されているのではないかと思えるほど、担右衛門の顔色は悪かった。張りのない肌は土色をしており、墨を塗りつけたかのように目の下が黒ずんでいた。

――まことに病人なのではないか……。

「ご住職」

玄慈を認めて、担右衛門が虚《うつ》ろな目で見上げてきた。玄慈は会釈し、担右衛門の隣に端座した。

「顔を見せていただきます」

手を伸ばし、玄慈は白布をそっと取った。目を閉じたおようは、微笑しているように見えた。眠っているのではないかと思えるほど、安らかな顔をしていた。

玄慈は僧侶を生業《なりわい》にしているから、これまで数多くの死者を見てきた。そのほとんどがおようと同じように穏やかな死顔をしていた。

――息をしておらん。

おようの頰に触れてみた。氷のように冷たかった。

――血も通っておらん。

本当に死んでしまったのだ。玄慈は、がくりと力なくうなだれた。まぶたの堰《せき》を破り、涙が止めどもなくあふれ出てくる。

――およう……。

三月《みつき》ばかり前、おようがひょっこりと帆縷寺に顔を見せたことがある。そのときは元気そのものだった。生きていることが楽しくてならない風情だった。

――なぜおようが死なねばならんのだ。こんなにいい娘が。まだ十八だというのに……。

涙とともに激しい怒りが込み上げてきた。あまりに怒りが強く、全身から血が噴き出しそうだ。

「済まなかった、ご住職。この通りだ」

畳に両手をつき、担右衛門が頭を深々と下げてきた。

「わしのせいで、おようを死なせてしまった」

「どういうことです」

怒りをなんとか抑えつけ、玄慈は冷静な口調を心がけてたずねた。だが、言葉は震えを帯びた。

「昨晩の五つ頃……」

担右衛門が話しはじめた。おでんを買ってきてもらおうと、おようを近所の吉沢屋という煮売り酒屋に行かせた。その帰路、おようは殺されてしまった。

「わしがおでんを食べたいといわなければ、おようは殺されずに済んだ……」

その通りだ、と玄慈は思った。なぜそんな刻限に、おようを外に出したのか。

江戸は治安がいいといわれているが、そんなことはない。夜ともなれば、犯罪者がいくらでも徘徊《はいかい》しているのだ。

面を上げ、玄慈は担右衛門を見つめた。ここで担右衛門を責めるのはたやすい。だが、そうしたところで、おようが帰ってくるわけではない。

「何者かに殺されたと健蔵さんから聞きましたが、下手人はまだわかっていないのですか」

歯を食いしばり、玄慈は別のことを口にした。

「うむ、下手人はわかっていないのだ」

無念そうに担右衛門が答えた。

「実は、同じ下手人にこれまで三人が殺され、おようで四人目だ」

これにはさすがに驚き、玄慈は息をのんだ。

「その三人の娘は、どこで殺されたのです」

「深川界隈だ」

――では、この近くで三人もの娘が殺されているのを知っていて、おようを外に出したのですか。

担右衛門を責めても仕方がないと、玄慈は解していた。だから口に出すことなく、担右衛門を心中で詰問した。

「済まぬ、まことに済まぬ。わしがおようを外に出したのがすべての過ちだ」

玄慈の心の声が聞こえたかのように担右衛門が深く低頭した。その直後、いきなり口から泡を吹いた。ううぅ、とうめき、畳の上にうつ伏せになった。

「担右衛門さん」

玄慈はあわてて担右衛門を抱き起こした。担右衛門は白目をむき、体をひどく痙攣《けいれん》させている。

「医者を呼んでくれ」

玄慈は座敷の外に向かって叫んだ。

「ただいまっ」

廊下に控えていた奉公人が立ち上がり、走り出した。あっという間にその姿がかき消えた。


近所から医者がやってきて、布団に横たわる担右衛門をじっくりと診る。担右衛門はもう泡を吹いてはおらず、うめき声も発しなくなっていた。

医者が額に浮いた汗を手の甲で拭う。

「こたびは命に別状ありませんが、もし次に同じことが起きたら、まちがいなくあの世行きです」

宣するようにいった医者が不思議そうに首をひねる。

「担右衛門さんは、まことに寝床に横になっていたのですか。寝床でおとなしくしていれば、こんな風にはならないはずなのに……」

実は、とおすわが話し出した。

「亡くなったおようの顔を見たいと、駄々をこねて起き出してきたんです」

「なんと、そんな真似をしたのですか」

むう、と医者が怒りの顔になる。

「お内儀《かみ》さん、よろしいですか。必ず安静を守るようにしてください。死なせたいのなら、安静にしてなくてもかまいませんが」

顔を真っ赤にした医者が歯に衣着せぬ言葉を口にした。

「はい、明日の葬儀以外は安静にさせます」

殊勝な顔で、おすわがうなずいた。やはり担右衛門さんは、と玄慈は思った。横になって安静にしていなければならないほどの重い病に、冒されていたようだ。おように対する申し訳なさで無理に起き出したから、体に負担がかかり、泡を吹いて倒れてしまったのだろう。

その後、店に戻ってきた健蔵と会い、玄慈はおようの死について詳しい話を聞いた。

おようを含め殺された四人の娘は、人目につかない場所で、すさまじいまでに鮮やかな切り口の袈裟斬りによって殺害された。そのため下手人は侍の見込みが高いが、それに関してはまだはっきりとはしていない。

四人の娘はいずれも仰向けにされ、全員が丹念に死化粧を施されていた。顔には白粉が塗られ、唇には赤く紅をさされ、両手は胸で合わせられていた。

「下手人はなにゆえそのような真似を」

頭に浮かんだ問いを玄慈は健蔵にぶつけた。

「それもわかっていないようなのです……。手前は、下手人にはなんらかの性癖があり、その顕《あらわ》れなのではないかと見ております」

「つまり下手人の性格には、なんらかの偏りがあるということだな」

「さようにございます。それが生まれつきのものか、長じるあいだに生じたものか、手前にはわかりかねますが……」

玄慈は、下手人を捜し出すことをかたく誓った。

――捜し出し、この手で成敗してやる。

捨て子として帆縷寺に拾われてきたおようは、玄慈の手元で育った娘だ。学問に熱心でよくでき、人見知りしない性格で、明るかった。誰からも好かれた。

その人柄を買われる形で、二年前に薩田屋に奉公が叶ったのである。

なんとしても、と玄慈は拳を握り締めて改めて思った。おようの無念をこの手で晴らさなければならない。

第二章

一

ぬるくなった茶を喉に流し込み、茶碗を文机《ふづくえ》の上に置いた。

――そろそろ見廻りに出るとするか。

脇山《わきやま》真《ま》木《き》太《た》は、よっこらしょと口にして立ち上がった。

今朝もだいぶ冷え込んだために、温かな熱を放つ火鉢から離れ難かった。火鉢に両手をかざし、体をじっくりと温められたので、詰所内を歩き出した。

ほぼ同時に、詰所の出入口の戸が開くのが見えた。面を上げて見つめると、真木太の中間を務める仁六《じんろく》が顔をのぞかせていた。真木太を探しているようだ。

仁六がこの詰所に姿を見せるなど、滅多にない。いつもは大門の脇で、真木太がやってくるのを忠実に待っている。

なにかあったのだな、と真木太は察した。

「仁六」

声をかけて真木太は近づいていった。敷居をまたぎ、廊下に足を踏み出す。それだけで温まったはずの体が一気に冷え、ぶるりと身震いが出た。

頭を下げ、仁六が朝の挨拶をしてくる。真木太も返した。

「で仁六、どうした」

あまり外の明るさが入ってこない暗い廊下を歩きながら真木太はたずねた。

「実は、刃物で刺された男の死骸が見つかったそうにございます」

「どこで見つかった」

「吾妻橋《あづまばし》近くの川端でございます。先ほど、浅草駒形町《あさくさこまがたちょう》の自身番から一報がございました」

「浅草駒形町か……」

真木太は、浅草界隈を縄張とする定町廻り同心である。その事件の探索の任に当たるのは、当然のことだ。

「よし、さっそくまいろう」

定町廻り同心の詰所は、長屋門になっている大門の中にある。大門をあとにした真木太は仁六を連れて、朝の陽射しを浴びつつ道を歩き出した。

「旦那」

仁六が後ろから呼びかけてきた。

「なんだ」

ちらりと振り向き、真木太はきいた。

「殺しの下手人は、すでに捕まっているようでございます」

「ほう、そうなのか」

ならば、あわてて赴く必要はない。真木太はわずかに足を緩めた。

「下手人は何者だ」

歩きつつ真木太は仁六に問うた。

「それが、何者かはまだ明らかになっていないようでございます」

「しかし、なにゆえ下手人はそんなにあっさり捕まったのだ」

「なんでも、骸のそばで眠っている男がいたらしく……。その男は、血のついた匕首《あいくち》を握っていたそうでございます」

「そうなのか。それが動かぬ証拠となって、捕まったのだな。殺された者が誰かは、わかっているのか」

いえ、と仁六がかぶりを振った。

「そちらもまだのようでございます」

そうか、と真木太は応じた。急がずともよくなったとはいえ、見廻りの際に足早に歩くのが習い性になっており、ずんずんと大股に足を運んでいく。

半刻後、真木太は浅草駒形町の自身番を訪れ、詰めている町役人たちから、下手人の捕縛に至るまで、どのようなことがあったのか事情を聞いた。

その上で、下手人として捕らえられた男と会った。顔を見てみると、男はまだ二十歳を少し過ぎたくらいに思えた。冷たい自身番の土間に座り、両手を後ろで縛られていた。

土間の隅に、棺桶が一つ置かれている。中には、殺された男の遺骸がおさめられているのだろう。二本の線香が線香立てに置かれ、細い煙を上げていた。

――しかし、この土間は寒いな。

町役人たちの座している畳の間には、赤々とよく熾った炭のたっぷりと入った火鉢が置かれている。厚着をした町役人たちは、ぬくぬくとしているように見えた。

真木太は、線香のにおいに混じって安酒のそれが土間に漂っているのに気づいた。土間に右膝をつき、目の前の男をじっと見た。酒のにおいの元は、紛れもなくこの男だ。おそらく昨晩しこたま飲んだのだろう。

ぼんやりとした顔をしているのは、まだ酔いが抜け切っていないからか。

「おまえ、俺が誰かわかるか」

真木太は男に顔を近づけてたずねた。

「いえ、存じません」

とろんと濁った目で真木太を凝視して、男が首を横に振る。

「御番所のお役人ということだけは、わかります」

「俺は北町奉行所で定町廻りを務める脇山という。おまえの名は」

はい、と男がかすれ声を漏らした。

「枡吉と申します」

「枡吉。なにゆえ男を殺した」

「えっ、男を殺したって、なんのことですか」

意外という思いを露わに枡吉がきいてくる。

「とぼけているのか」

「あっしが御番所のお役人に、そんな真似をするはずがございません」

ふむ、と鼻を鳴らして真木太は自らの顎を撫でた。

「そこの町役人たちの話によると、おまえは川端で匕首を握ったまま、死骸のそばで眠っていたそうではないか」

「ええっ」

呆然と口を開け、枡吉が驚愕する。

「あっしが酔っ払って、川端で眠っちまったのはまことのことですよ。しかし、まさか人殺しの疑いをかけられて、ここに連れてこられたとは、ちっとも知らなかった。だから、あっしは縛《いまし》めをされているんですね」

これまで枡吉は、なにが起きたのかまったくわかっておらず、酒が抜けぬままに、ずっとぼんやりしていたらしい。真木太から委細を聞き、どういうことなのか、ようやく事態を解したようだ。酒も抜けつつあるのかもしれない。

「枡吉、男を殺しておらぬと申すのか」

枡吉を見据えて真木太は改めて質《ただ》した。

「やっていません」

真木太の目を見返して、枡吉がきっぱり答えた。

「殺された男というのは、誰なんですか。あっしが知っている人なんですか」

「仏が誰か、本当に知らぬのか」

「顔がわからないので、知っている人かどうか、断ずることはできません」

「まあ、よい。あとで仏の顔を拝ませてやる」

少し間を置き、真木太は息を入れた。

「先ほどもいったが、おまえは血のついた匕首を握っていた。殺しておらぬというが、それをどういい繕う気だ」

匕首を、とつぶやいて枡吉が怪訝そうな顔になる。

「しかし、あっしは匕首なんて、これまで一度たりとも持ったこと、ありませんよ」

「ならば、その手に握っていた匕首は、おまえの物ではないというのか」

「あっしの物ではありません」

「では、誰の物だ」

「さあ、あっしにはわかりません。あっしの物でないことは確かです」

「枡吉、しらばっくれる気か」

脅しつけるように真木太はいった。

「いえ、そんな気は毛頭ありません」

畏れ入ったように枡吉が体をかたくする。ならば、といって真木太は身を乗り出した。

「昨晩いったいなにがあったか、詳しく話してみろ」

「わかりました」

目を閉じてしばらく昨晩のことを思い出している様子だったが、目を開けるや枡吉は語りはじめた。

「昨日はとてもめでたいことがあって、あっしは昼間からやっている煮売り酒屋に入り、酒を飲みはじめました。深夜になるまで何軒か、しこたま梯子酒《はしござけ》をしましたよ」

そのときの記憶が蘇《よみがえ》ったか、枡吉が一瞬、楽しそうな笑みを浮かべた。

「そのめでたいこととはなんだ」

すかさず真木太はたずねた。

「それはご勘弁願います」

渋い顔をして枡吉がかぶりを振る。

「なにゆえいえぬ」

「こたびの一件とは、なにも関わりがないからです。それに、もしいってしまえば、さる方に迷惑が及ぶことになりましょう」

「さる方とは誰のことだ」

「それもご勘弁願います。こたびの一件とは、まことに関わりがない方ですから」

「関わりがないといい切れるのか」

枡吉をにらみつけて真木太は語気を強めた。

「いい切れます」

目に力を宿して枡吉が大きな声を発した。

「そこまでいうのなら、まあ、よかろう」

体から力を抜き、真木太は鼻から太い息を吐き出した。

枡吉がまた目を閉じ、黙り込んだ。なにごとか沈思しているようだ。

「どうした、枡吉」

真木太にいわれ、枡吉が重たげにまぶたを持ち上げた。

「やはり昨晩は飲みすぎて、記憶が飛んでしまっているところがあるんで、昨晩のことをよく思い出そうとしていたんです」

「思い出せたか」

「ええ、まあ」

「よし、続けろ」

はい、と枡吉が顎を引いた。

「あっしは正体を失ってしまうほど飲んだので、酔い醒《ざ》ましのために、星が一杯に輝く夜空の下、吾妻橋近くの川端に腰を下ろしたんです。駒形《こまかた》堂のところです」

「駒形堂か」

「あそこには河岸《かし》がないし、夜などとても静かで、酔い醒ましには恰好の場所なんですよ」

駒形堂は天慶《てんぎょう》五年（九四二）に平公雅《たいらのきんまさ》が、浅草寺《せんそうじ》が造営された際に建立したといわれている。祀《まつ》られているのは馬頭観音《ばとうかんのん》である。

平公雅は平将門《まさかど》の従兄弟《いとこ》だが、将門と敵対し、争った。将門が討たれたのち朝廷に功を認められ、武蔵守《むさしのかみ》になった。

「風が吹き込んできてかなり寒かったんですが、酒で火照《ほて》った体には、むしろ気持ちよかったんですよ」

「その後どうした」

枡吉をねめつけて、真木太は先を促した。枡吉が舌で唇を湿す。

「それからどのくらいたったものか、あっしはその場で眠ってしまったようなんですが、どぼん、とどこかで水音がして、それで目が覚めました。大きな魚でも跳ねたのかと、座ったままぼんやりしていたんです。しかしその後、仰天することが起きました」

「なにが起きた」

すかさず真木太は質した。

「目の前の岸に、息も絶え絶えに泳ぎ着いた男がいたんですよ」

「泳ぎ着いた男だと」

ええ、と枡吉が大きくうなずいた。そういえば、と真木太は思い起こした。町役人も、殺された男の着物はかすかに濡れていたといっていた。

「あっしには、その人が大川で溺《おぼ》れていたとしか思えず、あわてて立ち上がり、助けようとしたんです」

「それからどうした」

真木太に矢継ぎ早に問われた枡吉が、途方に暮れたような顔つきになる。

「いえ、それがよくわからないんです」

首をひねり、枡吉が眉間にしわを寄せた。

「なぜわからぬのだ。思い出せぬのか」

真木太はわざと荒い口調で問うた。

「それが、いきなり目の前が暗くなって、あっしは気を失ってしまったみたいなんです」

こやつはなにをいっているのだ、と真木太は訝《いぶか》った。

「なにゆえ気を失った」

気を取り直して真木太はきいた。

「そのときはさっぱりわけがわからなかったんですが、今にして思えば、後ろから殴りつけられたんじゃないかと……」

「殴られたというのに、おまえは痛みを感じなかったのか」

「ええ、感じませんでした」

あっさりと枡吉が認めた。

「今はここが痛くてならないんですが……」

枡吉は手で首筋を撫でようとしたらしいが、縛めをされていることに気づき、悔しそうに口を閉じた。

「今は痛いが、昨晩は痛みを感じなかったというのか」

ええ、と枡吉が肯定した。

「酔うと痛みを感じないことって、よくあるじゃないですか」

「確かにな」

苦い表情で真木太は首肯した。真木太自身、酔って屋敷に帰り、居間の鴨居《かもい》に頭をしたたかにぶつけたが、すぐには痛みを感じずにそのまま眠り、翌朝起きてから頭が痛いと妻に訴えたところ、前夜なにが起きたのか、教えられるということが実際にあった。

ほかにもその手の例があるのを、真木太は思い出した。煮売り酒屋でたっぷりと酒を聞こし召した帰路、強盗に襲われた男の逸話である。

腕に覚えがあるその男はものの見事に強盗を撃退したのだが、実際には太ももを深々と刺されていた。だが、かなり酔っていたせいで痛みは感じず、町奉行所に届けも出さずに家へ戻った。足からひどく血を流していることに驚いた女房が、あわてて男を町医者に連れていって止血してもらい、なんとか一命を取り留めたという一件だ。

――酔うと痛みを感じぬというのは、確かにある……。

「後ろから殴られたとして、それが誰の仕業だったか、わかるか」

「いえ、まったくわかりません」

「なぜその者はおまえを殴ったのだ」

「その答えは一つしかありません」

胸を張って枡吉が断言する。

「その答えというのを申せ」

「あっしに、罪をなすりつけるためじゃありませんか」

間を置かずに枡吉が言葉を続ける。

「あのとき岸に上がってきた男は誰かに追われていて、吾妻橋から飛び込んだんじゃないでしょうか。それでどぼん、と水音がした」

なるほど、と真木太は思った。

「それで」

「男はすぐさま岸に上がったんですが、思いがけなく目の前にあっしがいたんです。あっしに気づいたかは、定かではありません。暗かったし、気づいてないんじゃないですかね」

「そうかもしれぬな」

真木太は相槌を打ち、言葉を続けた。

「男を追っていた別の者がおまえを後ろから殴りつけて気絶させ、息も絶え絶えの男を刺し殺したということか」

「はい、おっしゃる通りですよ」

枡吉が我が意を得たりという顔をする。

「得物の匕首をおまえに握らせてから、殴りつけた者は姿を消した。こういうことだといいたいのだな」

筋は通っているようだ、と真木太は考えた。だが、おかしなところもある。

「おまえが気絶させられたとして、その後どうしていたのだ。この時季の川端で、ずっと寝たままだったというのか。最近の明け方の冷え込みようは尋常ではないぞ。凍え死にしてもおかしくはないのに、おまえは平然と眠っていたというのか」

「もともとあっしは寒さには強いんですよ」

子供のように枡吉が口を尖《とが》らせた。

「死んだ父親が、陸奥の出というのも関係しているのかもしれません。父親は江戸の寒さなんか、屁《へ》でもねえ、とよくいっていましたから。あれは強がりでもなんでもありませんよ。あっしはその血を引いているんです。その上、あっしは酔っ払っていたから、朝まで一度も起きずにいられたんでしょう」

今朝の冷え込みにもかかわらず、凍え死にせずに平気で眠っていられたというのは、いくら寒さに強いといっても、信じがたい。

――俺なら、まちがいなくあの世に行っておるな……。

「枡吉、おまえの家はどこだ」

真木太は新たな問いを投げた。

「最近は用があるとき以外はほとんど寄りつきませんが、母親の家が本郷元町にあります」

「おまえの人別もそこにあるのか」

「はい、あります」

「父親は死んだといったが、母親は存命なのだな」

「昨日も会いました」

「めでたいことを知らせに行きました。母親の喜ぶ顔を見たいと思いまして……」

「なかなか親孝行ではないか」

「それほどでもありませんが……」

　こほん、と真木太は咳払いをした。

「昨夜、岸に泳ぎ着いた男は、おまえの知った者ではなかったのだな」

　真木太は別の問いを枡吉にぶつけた。枡吉がうつむき、考え込む。

「星明かりはありましたが、あたりはずいぶん暗かったので、男の顔はほとんど見えませんでした。知った者だったかどうか、あっしにはわかりません」

「岸に泳ぎ着いたのは、この男だな」

　よっこらしょといって、立ち上がった真木太は棺桶の蓋を開けた。

「枡吉、こっちに来て、仏の顔を見ろ」

　はい、と枡吉がよろよろと立ち、真木太に寄ってきた。頭を下げ、瞑目してから棺桶をのぞき込む。

「岸に泳ぎ着いたのは、この男のような気がしますね。ええ、まちがいありません」

「どうだ、知った者か」

「いえ、あっしの知らない人ですね」

だが、なにかに気づいたように枡吉が男を見直した。目を動かさず、男を凝視している。

「あっ」

枡吉がいきなり声を上げた。

「男が誰か思い出したのだな」

真木太は決めつけるようにいった。棺桶から顔を上げ、枡吉が真木太を見る。

「いえ、この男がどこの誰かは今もわかりませんが、どこかで会ったことがあるような気がしたもので……」

「どこで会った」

間髪を容れずに真木太はきいた。

「それがわかりません」

「思い出せ」

枡吉の尻を叩くような思いで、真木太は叱咤《しった》した。

「そういわれましても……」

下を向き、枡吉が額に八の字を寄せた。

「もう一度、男をよく見てみろ」

はい、と答えて枡吉が再び棺桶の中をのぞき見る。しばらく身じろぎせずにいたが、あきらめたようにかぶりを振った。

「やはりわかりません。確かに見覚えがあるような気がするんですが……」

枡吉が男のことを思い出す一助にならぬか、と考え、真木太は町役人たちにもきいてみることにした。

「おまえたちは、この男が何者なのか知らぬのか」

しかし、芳しい答えは得られなかった。町役人に男の身元を知る者は一人もいなかった。

――枡吉にきくべきことは、もうないな。この自身番ではここまでだ。

「伊木助《いきすけ》」

真木太は、最も歳のいった町役人に呼びかけた。はい、と畳の上に座していた伊木助が居住まいを正す。

「なんでございましょう」

「この仏の身元が判明するまで、遺骸はこの自身番に置かせてもらってよいか」

「もちろん構いません」

「済まぬな。できるだけ早く身元を明かし、縁者に引き取りに来させる」

「よろしくお願いいいたします」

畳に両手をつき、伊木助がこうべを垂れた。

「仁六」

へい、と仁六が真木太に応《いら》えを返す。

「矢立《やたて》と紙を貸してくれ。今から仏の人相書を描く」

わかりました、と仁六が腰から外した矢立を手渡してきた。次いで、懐から取り出した紙も、真木太は受け取った。棺桶の蓋を仁六に持たせ、その上に紙を置いた。

真木太は棺桶を何度ものぞき込みつつ、男の人相書を描いた。

三枚の紙を反故《ほご》にしたのち、四枚目に満足のいく人相書ができ上がった。

「これでよし。仁六、蓋を置いてくれ」

仁六が棺桶に蓋をかぶせた。墨が乾くのを待って人相書を折りたたみ、真木太は懐にしまい入れた。

——わしがまずやらねばならぬのは、この仏の身元を明かすことだな。

もし枡吉のいっていることが本当で、濡衣《ぬれぎぬ》を着せられただけだったら、本物の下手人を捜し出すためにも、男の身元を明らかにすることは、とても重要になってくる。

「枡吉、行くぞ」

真木太が声をかけると、仁六がぐいっと枡吉を立ち上がらせた。

「八丁堀《はっちょうぼり》の旦那、どこに行くんですか」

不審そうな顔の枡吉に問われて、真木太は即座に答えた。

「番所だ」

ええっ、と枡吉が大仰な声を出した。

「番所って、もしや町奉行所に行くんですか」

「そうだ」

「なんのために行くんですか」

「おまえを牢屋敷《ろうやしき》に入れるためだ」

「ええっ。でもあっしは人殺しなんか、していませんよ。それは八丁堀の旦那もわかってくれたと思っていましたよ」

「詮議はこれからだ」

「ええっ、詮議ですか」

いやいやをするように枡吉が抗《あらが》う。仁六がすかさず縄をぐいっと引く。枡吉がよろけ、おとなしくなった。

「おまえがまことに無実かどうか、わしとは別の者が改めて詮議することになるのだ」

「でも、あっしは本当に無実ですよ。あっしが人殺しなんて、できるはずがないんですから。虫も殺せない子だ、と母親からは幼い頃にいわれていたくらいなんですから」

「四の五のいわずに早く来い。仁六、引っ立てろ」

はい、と仁六が枡吉を縛めている縄を強く引いた。枡吉の体がぐらりと傾いた。

「さっさと動け」

仁六に体を押され、枡吉がふらふらと歩き出す。

「では、これでな」

町役人たちに別れを告げて、真木太は自身番の外に出た。いきなり寒風が吹き寄せてきて、こいつはたまらぬな、と身を縮めた。これなら、自身番の土間のほうがずっとましだ。

強い風に逆らうように、真木太たちは町奉行所に向かって歩きはじめた。

その途中、枡吉が意外なことを口にした。

「江戸の雷神に、あっしのことを知らせてほしいんですが」

なに、と真木太は驚き、振り向いた。

「おまえ、伊香さまと知り合いなのか」

前の火盗改の頭である伊香雷蔵は、北町奉行の奈古屋《なごや》冬兵衛《とうべえ》と昵懇《じっこん》の間柄である。

「実は、今日から伊香さまのお屋敷に奉公することになっているんですよ」

「なんだと」

歩きながら枡吉が委細を説明する。

「つまり、めでたいことというのは、伊香さまのお屋敷に奉公が叶ったことだったのか」

それなら母親に知らせるのは当たり前だ。

「さる方というのは伊香さまのことだな」

「さようで」

「枡吉、なにゆえ今になっていうのだ」

「あっしは伊香さまに迷惑をかけたくなかったのですが、御番所に連れていかれ、詮議されるとあっては、さすがにいうしかありません。背に腹は代えられません。あっしが来ないことを心配されてもいるでしょうし」

どこか開き直ったように枡吉がいった。それはそうであろうな、と真木太は納得した。

二

昼の四つを過ぎたというのに、枡吉がやってこない。

おかしいな、と雷蔵は居間に座しつつ首をひねった。まさか、枡吉の気が変わったというようなことはあるまい。

昨日のあの喜びようは本物だった。母親に奉公が叶ったことを知らせるといったとき、顔が輝いていた。

ならば、と雷蔵は思った。

――枡吉の身に、なにか起きたのだろうか。

昨日、この屋敷を引き上げてから枡吉は母親の家に行ったはずだ。その後、たらふく酒を飲んだのではないか。

酒は人をおかしくさせる。やはり枡吉になにかあったのかもしれない。

しかし、枡吉のことを調べようとしても、その術がない。どこに住んでいるかすら聞いていないのだ。

――俺は枡吉のことを知らぬ。

そのことに雷蔵は呆然とした。枡吉のことをなにも知らずに、奉公させようとしていたのか。

言い訳をすれば、この屋敷に住み込むのだから、枡吉のことは徐々に知っていけばよいと考えていた。

――別に枡吉の身にはなにもなく、ただ飲みすぎたせいで、寝坊しているだけかもしれぬが……。

とりあえず雷蔵は目の前の湯飲みに手を伸ばし、茶を喫した。先ほど五十江が淹れてくれたものだ。

うまいなあ、と雷蔵は茶をしみじみ味わった。気持ちが落ち着くのがわかる。だからといって、枡吉のことは頭から消えない。

――いくら飲みすぎたとしても、奉公初日に遅れるものなのか。性格にもよるのだろうが、あんなに張り切っていた枡吉が遅れて来るとは、ちと考えにくい……。

そこへ、廊下を渡ってくる足音がした。用人の栄之進が来たようだ。

――枡吉がやってきたのか。それとも、枡吉についての悪い知らせが、もたらされたのだろうか。

そのどちらでもなかった。

「殿、ご来客にございます」

栄之進によれば、客は北町奉行所の定町廻り同心の鷺坂三郎《さぎさかさぶろう》とのことだ。

「ここに通してくれ。栄之進が二つも火鉢を入れてくれているゆえ、実に暖かい。三郎もきっと喜ぼう」

承知いたしました、と笑みを浮かべて栄之進が下がっていったが、すぐに三郎を連れて戻ってきた。

「どうぞ、お入りください」

栄之進に促された三郎が、失礼いたします、と辞儀して敷居をまたいだ。今お茶をお持ちします、と告げて栄之進が去った。

敷居際に三郎が座り、低頭する。

「伊香さま、突然にお邪魔して申し訳ありませぬ」

「堅苦しい挨拶は抜きだ。三郎、そこに座ってくれ」

雷蔵は笑顔で、三郎に座布団を勧めた。

「では、遠慮なく」

いったん立ち上がった三郎が、座布団を後ろに滑らすことなく端座した。途端に吐息を漏らした。

「ああ、座布団は実にありがたい。それに、このお部屋は暖かくて、気持ちが伸びやかになりますな」

「火鉢を二つも入れてもらっているのは、俺がただの寒がりだからだが……」

「しかし伊香さま、あっという間に寒くなりましたな」

まったくだ、と雷蔵は点頭した。

「この調子で早く冬が終わってくれればよいが、暖かくなるまで、まだだいぶあるな。本物の春が来るまで、四月《よつき》近くもあるのか。気が遠くなるぞ」

雷蔵が慨嘆したとき、失礼いたします、と栄之進が茶を持ってきた。雷蔵の分も用意されており、さっそく喫した。

「三郎も飲んでくれ」

「ありがとうございます」

礼を述べて三郎が茶をすする。

「これはうまい」

感嘆の声を上げて三郎が頬を緩める。

「こんなにおいしい茶は、町方同心風情ではなかなか飲めませぬ」

そうか、といって雷蔵はにこりとした。

「遠慮なくおかわりを申しつけてくれ」

「ありがたきお言葉」

しかし雑談はこれまで、というように三郎の表情が引き締まったのを雷蔵は目の当たりにした。

「済まぬ、無駄口を叩いている場合ではないのだな。そなたは忙しい身であった」

「いえ、さようなことはございませぬ」

微笑とともに三郎が否定する。

「それで三郎、用件はなんなのだ」

身を乗り出し、雷蔵は水を向けた。

「それでございますが、伊香さまは枡吉という若者をご存じでございますか」

いきなり三郎の口から枡吉の名が出て、雷蔵はどきりとした。いやな予感が胸をよぎる。

「知っておる。枡吉がどうかしたか」

平静さを装ってきいた雷蔵は、一言も聞き漏らすまい、と三郎に顔を近づけた。

三郎は雷蔵の質問には答えず、新たな問いを投げてきた。

「伊香さまは、枡吉とはどのようなお知り合いでございますか」

枡吉とどんな風に知り合い、この屋敷に迎え入れることになったか、そのあたりの顚末《てんまつ》を雷蔵は話した。

「ほう、そういうご縁でございましたか」

三郎は何度か首を上下させた。納得したらしい顔である。

「枡吉がどうかしたのか」

先ほどと同じ問いを雷蔵は放った。雷蔵の気持ちを落ち着かせるためのときが欲しかったか、三郎が茶を飲み干し、湯飲みを茶托に戻した。顔を上げ、雷蔵に厳しい目を当ててくる。

「実は、人殺しの疑いで番所に捕らえられました」

「なんだと」

雷蔵の腰は自然に浮いていた。ここは冷静にならなければならない。息を入れて雷蔵は座り直した。

「どういうことかな」

平静な声音で雷蔵はたずねた。どんな経緯《いきさつ》でそういう事態になったか、三郎が詳《つまび》らかに語った。

聞き終えた雷蔵は、さすがに驚きを隠せなかった。

「そのようなことがあったのか……」

──姿をあらわさぬわけだ。

「では、枡吉はいま北町奉行所にいるのだな」

「はい、牢屋敷に入っております」

どこか済まなそうに三郎が伝えてきた。

「三郎、今そなたは、枡吉が死骸の前で血のついた匕首を握って眠っていたといったな」

「申し上げました」

枡吉は人殺しができるような男ではないと、雷蔵は見ている。だが、喧嘩っ早いのは疑いようがない。

枡吉が店主夫婦にいちゃもんをつけ、雷蔵が仲裁に入った一膳飯屋では、雷蔵に対しても腕っ節での勝負を挑もうとした男なのだ。

酒が入った勢いで諍《いさか》いになり、弾みで人を刺し殺してしまうというのは、考えられないことではない。人殺しなどするはずがないと全幅の信頼を置けるほど、雷蔵は枡吉の人となりを知らないのだ。

――だが、枡吉は果たして匕首など持っていたのか。

そんな得物を、懐に呑《の》んでいるような男には見えなかった。匕首など、枡吉にはいかにも似つかわしくない。

「握っていたという匕首は枡吉の物なのか」

三郎を見つめ、雷蔵は確かめた。

「本人は自分の物ではないといっております」

やはりな、と雷蔵は思った。それなら、その匕首は、本当に枡吉の物ではないのではないか。喧嘩っ早いが、嘘をつくような男には思えないのだ。

――枡吉は正直者過ぎて、逆に世渡りが下手な男なのであろう。

「血がついた匕首を握っていたことについて、枡吉本人はなんといっている」

「川端に座っていたところ、背後から首筋を殴りつけられて気絶しているうちに、匕首を握らされたのではないかと申しております」

「誰に握らされたと」

「それは、わからぬそうにございます」

「つまりその言が正しいとすれば、枡吉は何者かに陥れられたのかもしれぬのだな」

はい、と三郎が顎を引いた。

「下手人に仕立て上げられたという線は、十分に考えられます」

頼もしさを感じさせる言葉で、三郎が肯定した。それに雷蔵は力を得た。

「三郎、正直に教えてほしいのだが」

背筋を伸ばして雷蔵は三郎を見つめた。

「はい、なんでございましょう」

姿勢を正して、三郎が真剣な眼差しを向けてくる。

「このままだと、枡吉は死罪になるのか」

深く息を入れてから、雷蔵はずばりきいた。

「はい。手をこまねいておれば、おそらくそうなりましょう」

三郎がごまかすことなく答えたのが、雷蔵の胸に応えた。

「枡吉を救う手立てはあるのか」

「まずは枡吉が無実であることが第一です」

しっかりした口調で三郎がいった。

「それはそうだろうな。枡吉本人は無実だといっているのだな」

「はい、はっきり申しております」

首肯して三郎が言葉を続ける。

「その上で、伊香さまに知らせてほしいと、こたびの一件を受け持っている同心に、頼み込んでまいりました」

「そういう経緯であったか。三郎は枡吉に会ったか」

「いえ、まだ会っておりませぬ。受け持ちの同心から話を聞いたその足で、こちらにやってまいりましたので……」

そうか、と雷蔵は受けた。

「では、枡吉を救うには、無実を証すしか手はないのだな」

「そういうことになりましょう」

確信のある表情で三郎が同意した。三郎、と雷蔵は呼びかけた。

「北町奉行所に行けば、枡吉に会わせてもらえるか」

雷蔵のその言葉を三郎は予期していたようで、会えます、と明瞭に答えた。

「すでに手はずは整えてございます」

「では冬兵衛に話をつけてくれているのだな」

「さようにございます」

「ありがたし」

雷蔵の頭は自然に下がった。面を上げて三郎に問う。

「ならば、今から北町奉行所へ行っても構わぬか」

「もちろんでございます」

「では、さっそくまいろう。ああ、三郎。済まぬが、門のところで待っていてくれるか」

雷蔵は三郎にいい置いて、離れに向かった。

「六右衛門、いるか」

戸口に立って雷蔵は中に呼びかけた。

「ああ、いるぞ」

戸がするすると音もなく開き、六右衛門が顔を見せた。

「今から出かけてくる。おぬしはどうする。一緒に行くか」

「いや、ここにいる。太門を看《み》ていようと思っている」

「太門の具合はどうだ」

「風呂にも浸かり、暖かな布団で一晩ぐっすりと眠って、だいぶ疲れは取れたようだが、まだ本調子とはいえぬ」

「食欲はどうだ」

「ある。今朝ここに持ってきてもらった朝餉の膳は平らげた」

「それはよかった」

　雷蔵は顔をほころばせた。

「では、行ってくる」

「気をつけてな」

　ああ、と答えて雷蔵は、三郎が待つ門へと向かった。

　いつものように若党の米造を連れ、三郎とともに北町奉行所を目指す。愛馬の雪風に乗っていけば、かなり早く着くのはわかっていたが、徒歩の三郎を急がせることになる。

　雷蔵は、それは避けたかった。四谷から北町奉行所まで、一里半ほどある。徒歩でも急ぎに急げば、半刻ばかりで着くはずだ。

門の外で雷蔵は初めて会ったのだが、三郎には善造《ぜんぞう》という若い中間がついていた。話を聞いている限り、かなりのひょうきん者のようだが、三郎は善造を、ことのほかかわいがっている様子だ。そのさまは微笑ましく、重い気分が少しだけ晴れた。

「番所に着いたら、冬兵衛にも会いたいのだが、出仕してしまったか」

足早に足を運びつつ雷蔵は三郎に問うた。

「はい。もう登城なされました」

「やはりそうか……」

「しかし伊香さま。御奉行は万事、任せてから登城なされましたので、我らになんでもお申しつけくだされば、けっこうでございます」

「それはありがたい」

その後、雷蔵たちが北町奉行所の大門前にやってきたときには、太陽は中天に昇っていた。陽射しのおかげで寒さはかなり緩み、風もほとんどなく、過ごしやすい陽気になっていた。雷蔵は少しだけ汗ばんでいた。

大門を入った雷蔵は、さっそく枡吉に会わせてくれ、と三郎に頼んだ。

「承知いたしました」

大門に米造を残し、雷蔵は三郎に連れられて牢屋敷に向かった。

「枡吉ですが、ただの牢屋敷ではないところに入れられています」

前を行く三郎が振り向き、雷蔵に語りかけてきた。

「というと」

「小伝馬町《こでんまちょう》の牢屋敷には揚《あがり》座敷という牢がございます」

「知っている。五百石以下で御目見《おめみえ》以上の旗本や、高位の僧侶や神官が入れられる牢だな」

「はい、揚座敷には一人しか入れられませぬ」

独房になっているのだ。

「もしや枡吉は揚座敷に入っているのか」

「実は、町奉行所にも揚座敷に当たるものがございまして……」

「なんと、ありがたい取り計らいであろうか。もしや冬兵衛の命《めい》か」

「さようにございます」

頬に笑みをたたえて三郎が答えた。まだ裁きに至らない未決の囚人のほとんどは、特別な扱いを受けられず、大牢に入れられるというのに、一人で揚座敷にいられる枡吉は、まさに幸運としかいいようがない。

――冬兵衛が幼馴染みで、本当によかった。

雷蔵たちは牢屋敷の前に着いた。三郎が牢番に、枡吉に会わせてくれるように頼んだ。すでに話が通じているらしく、牢番があっさりと了解した。

「こちらが、江戸の雷神こと伊香雷蔵さまでござる」

三郎が牢番に雷蔵を紹介した。牢番が畏れ入ったように直立した。

「お初にお目にかかります。お目にかかれて、とてもうれしゅうございます」

まぶしいものを仰ぐような瞳をした牢番が雷蔵に挨拶する。雷蔵も笑顔で挨拶を返した。

「中に入れてくれますか」

三郎がいうと、牢番が先に立ち、雷蔵たちを牢内に案内した。

ひんやりとして寒いくらいの暗い廊下を進むと、左側に大きな牢があった。小伝馬町の牢屋敷でいうところの大牢であろう。多くの囚人が所在なげにたむろしていた。

江戸の治安はよいといわれるものの、小伝馬町の牢屋敷以外にも、これだけの数の囚人がいるのだ。

――治安がよいとは、とてもいえぬな。むしろ犯罪は増えているのではあるまいか。

よりよい江戸をつくるためには、犯罪は減らさなければならない。そうでなければ、町人たちは安心して暮らせない。

大牢の向かいに、揚座敷とおぼしきものが二つ並んでいた。手前側の揚座敷に、悄然とした様子の枡吉が座り込んでいるのが見えた。

「枡吉」

揚座敷に近づいて呼ぶと、枡吉が弾かれたように立ち上がった。転げるように牢格子に近づいてくる。

そのさまを見て雷蔵は、存外に元気そうだな、と安心した。

「伊香さま」

牢格子をがっちりと握った枡吉が、ほっとした顔を見せる。

「よくいらしてくださいました」

「おぬしは大切な奉公人だ。見捨てるような真似は決してせぬ」

「ありがたきお言葉」

「それから枡吉、俺のことをもう伊香さまと呼ぶな。今日からおぬしは、我が屋敷の奉公人だ。殿と呼べ」

「わ、わかりましてございます」

雷蔵に優しい声をかけられて感激したのか、それとも、緊張が一気に緩んだのか、一転、枡吉が涙を流しはじめた。

いくら揚座敷とはいえ、と雷蔵は思った。やはり一人で牢に入っているのは心細かったのであろう。

「大丈夫か、枡吉。どこにも怪我《けが》などしておらぬか」

「はい、大丈夫です」

涙をぽろぽろとこぼしつつも、張りのある声で枡吉が返答する。

「伊香さま、いえ、殿のお名を出してから、扱いは打って変わって丁寧なものになりましたので……」

枡吉が手の甲で涙を拭った。

「それはよかった」

笑みを浮かべた雷蔵は牢番を見やった。

「中に入ってもよいか。この男と膝を突き合わせて話がしたいのだ」

「もちろんでございます」

雷蔵の役に立つことがうれしいのか、牢番がいそいそと近づいてきた。

「それがしは御奉行じきじきに、伊香さまのしたいようにさせるように、と命じられてございます」

「そうだったか。まことにありがたい話だ」

「御奉行はそれがしのような者にも、分け隔てなくお言葉をかけてくださいます。それがしは、心より尊敬しております」

「それを聞いたら、冬兵衛も喜ぼう」

牢番が、いかにも頑丈そうな錠前に鍵を突っ込み、横に回した。かちゃりと小気味よい音がした。牢格子に設けてある小さな扉を、そっと開ける。

「どうぞ、お入りになってください。頭をぶつけぬよう、ご注意ください」

「承知した」

頭を低くして、雷蔵は揚座敷に入り込んだ。背後で牢番が扉を閉める。むろん、錠前に鍵はかけなかった。

——揚座敷に入るのは初めてだが、意外に広いのだな。

八畳くらいは優にありそうだ。小伝馬町の牢屋敷の揚座敷は土間と縁側がついているという話を聞いたことがあるが、ここには六畳分の畳が敷いてあるだけだ。残りは板が張られている。

畳が敷かれているというのは、この寒い時季には、ありがたいことこの上ない。板間とは冷え方がかなり異なるのだ。

畳の上で雷蔵は枡吉と向かい合って座った。

「ここまで連れてきてくれた定町廻り同心の鷺坂三郎から一応、話は聞いた。だが、俺はおぬしからじかに聞きたい。なにがあったか、すべて正直に話せ。決して嘘は交えるな。枡吉、わかったか」

厳しい表情で雷蔵は枡吉を見据えた。

「わかりました」

神妙な顔で枡吉がうなずき、ごくりと喉仏を上下させてから語りはじめた。

枡吉の話をすべて聞き終えるのに、さしてときはかからなかった。

「それがまことなら、おぬしは無実だな」

腕組みをして雷蔵は告げた。

「はい。あっしは本当に人など殺してはおりません」

「だが、血のついた匕首を握っていたらしいではないか。それは枡吉に不利な証拠となる」

「匕首は、何者かに握らされただけでございます」

「うむ、まちがいなくそうであろう。俺はおぬしを信じておる」

「ありがとうございます」

頭を下げた枡吉の顔を、雷蔵は上げさせた。

「おぬしは、殺された男に見覚えがあるそうだな。どこでいつ会ったか、思い出せぬか」

「散々考えて、ようやく思い出しました」

　それはよかった、と思い、雷蔵はほっと息をついた。それらがわかれば、確実に身元は判明するだろう。

　身元がわかれば、なにゆえ男が殺されなければならなかったのか、その理由も明らかになるにちがいない。

「殺された男とは、さる賭場で会いました」

　畳に目を向けて枡吉がぽつりといった。

「どこの賭場だ」

「浅草寺町《あさくさてらまち》にある寺の賭場でございます」

「それは、いつのことだ」

「二十日ばかり前だと思います。まだひと月はたっておらぬものと……」

「男の名は」

　雷蔵はたたみかけるようにきいた。枡吉が困ったように顔をしかめる。

「いえ、存じません。どこで会ったか、思い出しただけでございまして……」

　申し訳なさそうに枡吉が肩を縮める。そうか、と雷蔵はつぶやいた。

「枡吉、よく思い出したな。しかし、なにゆえ思い出せたのだ。もしや男とのあいだになにかあったのか」

雷蔵にきかれた枡吉が口を開きかけたものの、言い淀《よど》む。

「枡吉、俺はすべて正直に話せ、といったぞ。その命に背くつもりか」

「いえ、そのような気は、まったくございません」

顔を上げた枡吉があわてて手を振る。

「実は、あの男とは些細《ささい》なことで喧嘩になったのでございます。取っ組み合いには至らなかったのですが、あっしはぶっ殺してやると罵ってしまいました……」

その言葉を聞いて、雷蔵は顔をしかめた。これは、なおのこと枡吉に不利ではないか。そのときの喧嘩で男にうらみを持ち、殺したと判断されるに決まっている。

「喧嘩に至った些細なことというのはなんだ」

はい、と枡吉がうなずいた。

「あっしが厠に行こうと賭場の中を歩いていたとき、向こうから来たあの男と肩がぶつかったんで……」

本当に些細なことだったのだな、と雷蔵は苦笑を禁じ得なかった。それでぶっ殺してやるとまでいってしまうとは、枡吉は本当に喧嘩っ早かったのである。

——こいつはまずい。

いや、と雷蔵はすぐに思い直した。枡吉は無実なのだ。必ず牢から出してやらなければならない。

「枡吉、男とは浅草寺町の賭場で会ったといったな。賭場の場所を申せ」

なんという寺の賭場だったか枡吉が明かす。

「金粋山黙月寺《きんすいさんもくげつじ》といいます」

その寺の名を、雷蔵は胸に刻みこんだ。

——まずは、この寺の賭場に行くのがよかろうな。賭場の者が、男のことを知っているかもしれぬ。

「黙月寺の賭場だが、なんという一家が取り仕切っているのだ」

「潮太郎《しおたろう》という親分をいただく一家です」

「潮太郎一家だな。わかった。その賭場は昼間からやっておるのか」

「はい、やっております。昼しかやっていません」

「賭場のことはよく知らぬが、珍しいのではないか」

「いえ、昼から賭場を開いている一家はいくらでもありますよ」

「そうなのか」

「潮太郎一家はあまり豊かではありません。夜に賭場を開くと、たくさんのろうそくが要《い》るでしょう。それを嫌って、昼間から開帳しているのです」

「そういうことか……」

手を伸ばし、雷蔵は枡吉の肩を軽く叩いた。

「枡吉、必ず助けてやる」

枡吉を見つめ、雷蔵は力強く請け合った。

「殿、どうか、よろしくお願いいたします」

「力を尽くす。だから俺を信じ、それまでおとなしくここで待っておれ」

はい、と答えつつも、枡吉は雷蔵にすがりつかんばかりの表情だ。まだいっておかねばならぬことがあるのを思い出し、雷蔵は、枡吉、と呼びかけた。

「これから、おぬしの詮議が行われるはずだ。先ほど俺に話したように、すべて正直にいうのだ。承知か」

「あ、あの、男との喧嘩のことも申し上げるのでございますか」

「そうだ。殺してやる、と口走ったこともだ」

「えっ、それまでいうのでございますか」

嘘だろうという目で枡吉が雷蔵を見る。

「そうだ、いうのだ」

枡吉を見返して雷蔵は深くうなずいた。

「おまえが賭場でなにをし、なにをいったか、どのみち町方同心は知ることになる。町方同心は探索を専《もっぱ》らにする者ゆえ、至極簡単に調べ上げるはずだ。どのみち無実なら、向こうからそのことを指摘される前に、話してしまうほうがずっとよい」

「わかりました。そのことを忘れないよう、肝に銘じておきます」

「それでよい」

枡吉に別れを告げて揚座敷を出た雷蔵は、牢番に枡吉のことを頼み込んだ。

「お任せください。それがしが、しっかりと面倒を見させていただきます」

「頼もしい言葉だ」

牢屋敷を出るや雷蔵は、死んだ男の人相書があるか、三郎にきいた。三郎はそれを懐の中に入れていた。雷蔵はありがたく男の人相書をもらった。

「三郎、枡吉のことをよろしく頼む」

「はっ、よくわかっております」

雷蔵は三郎とともに大門へ向かって歩いた。

「伊香さまは枡吉の無実を証すために、これから動かれるのでございますな」

「そのつもりだ」

「枡吉のために、それがしができることはほとんどありませぬ。しかし、この一件を受け持つ脇山真木太という同心は、表裏のない男でございます」

「よい同心なのだな」

　はい、と三郎が同意した。

「ですので、枡吉が血のついた匕首を握っていたからといって、それだけで下手人だと決めつけるような真似はせぬものと、それがしは、しかと思っております」

「それは心強い」

「実は脇山も、よりよい江戸をつくりたいと思って身を粉《こ》にしている男でございます」

　ほう、と雷蔵は声を漏らした。

「では、三郎と似た者なのだな」

　町奉行所にも雷蔵と同じ志を抱く者は、かなりいるのだろう。高潔な心を持ち、きつい仕事にも進んで当たっているに相違ない。

「信用に足る男ということか」

　さようにございます、と三郎がいった。

「脇山は、局外の伊香さまが探索をはじめたからといって、邪魔をしようとするような心の狭い男ではありませぬ。それゆえ伊香さまは、探索にありったけの力を注いでもらって、けっこうでございます」

三郎はこのことを伝えたかったのだな、と雷蔵は解した。別の者が探索に取りかかると、横取りされたと思い込んで気分を悪くする同心がいるのは、きっと事実にちがいない。しかし、脇山はそういう男ではないのだ。

「それを聞いて安心した」

三郎に礼をいった雷蔵は、米造の待つ大門に戻った。このまま探索に入るとするか、とも思ったが、いったん屋敷に帰るほうがよいような気がした。ただの勘でしかないが、今はそれに従うべきだと考えた。

再び早足で歩き、雷蔵は屋敷に帰った。玄関で出迎えた栄之進が雷蔵に、お客がいらしています、と告げた。誰が来たのかきくと、枡吉の母親のおみちだという。

——このために俺は帰ろうという気がしたのか。勘に従っておいてよかった……。

人には説明しきれない不思議な能力がある。それは確かなことだ。

屋敷に入った雷蔵は、客座敷でおみちに会った。歳は四十《しじゅう》半ばか、枡吉に面立ちが似ていた。疲れ切った様子で、白髪《しらが》が目立って見えた。

枡吉が町方に捕まったことを誰かから知らされ、ここにやってきたようだ。

「伊香さま」

雷蔵を前にしたおみちが挨拶もそこそこに畳に両手を揃《そろ》え、深々と頭を下げた。

「どうか、枡吉をお助けください。せがれは悪さばかりしてきましたが、人を殺《あや》めることができるような男ではありません」

「おみちは枡吉の無実を信じているのだな」

おみちに顔を近づけ、雷蔵は優しくきいた。

「はい、信じております」

涙を流しながらおみちが首を縦に振った。

「俺も枡吉を信じておる」

膝行《しっこう》し、雷蔵は細い肩にそっと手を置いた。おみちがびくりとする。

「済まぬな、驚かせてしまったか……」

雷蔵は、首を横に振るおみちの顔をのぞき込んだ。

「枡吉の無実は俺が必ずや証す。約束する」

顔を上げて雷蔵をじっと見ていたおみちが、よろしくお願いいたします、と叫ぶようにいってにわかにこうべを垂れる。顔を伏せ、声を上げて泣きはじめた。

三

線香の煙がうっすらと漂い、奥の座敷は霧がかかっているように見えた。

昨夜から一睡もせずにおようの通夜、葬儀に出ていたが、今も玄慈は眠気をまったく感じていない。心にくすぶる怒りの炎が目を冴《さ》えさせていた。

葬儀はおようの奉公先の薩田屋で行われており、大勢の者が参列した。薩田屋への義理で来た者もいただろうが、ほとんどがおようを偲《しの》び、その死を悼んでくれた。

帆縷寺で暮らしている十九人の子供も、参列した。全員がおようと一緒に暮らしていた者で、誰もがおようの名を叫んで号泣した。そのさまを目の当たりにして、涙を誘われる参列者も少なくなかった。

それにしても、と玄慈は少し焦《じ》れて思った。いつ出棺するのだろうか。

もう日が昇ってだいぶたつ。刻限は四つを過ぎたのではないだろうか。

——出棺を急《せ》かすわけにもいかんし。ここは待つしかあるまい。

玄慈としては、一刻も早く探索に出たかった。探索に取りかかるのは、早ければ早いほどよい。なにか目撃した者がいるとして、そのほうが、記憶が鮮明だからだ。

――なんとしても、その者たちの記憶が薄れる前に、話を聞かなければならん。

しかし、玄慈はおようの養父という立場である。葬儀を中座するわけにはいかない。むろん、その気もなかった。墓まで皆と行き、おように最後の別れを告げてから、探索に取りかかるつもりである。

ふと、薩田屋のあるじの担右衛門が座敷をとぼとぼと歩いてくるのが目に入った。棺桶のそばに座っている玄慈の前に、力なく端座する。

「玄慈さん」

か細い声で担右衛門が呼びかけてきた。

「済まなかった」

昨日も同じ言葉を口にしたことを、忘れてしまっているのではないか。

玄慈は担右衛門をじっと見た。そのあまりのやつれように、声をなくした。腹に力を入れ、なんとか言葉を絞り出す。

「昨日も申しましたが、おようが死んだのは担右衛門さんのせいじゃ、ありません。それよりも、体は大丈夫なのですか。安静にしていなければ、ならないのではありませんか。横になっていたほうがよいですよ」

玄慈のいたわりの声が耳に届かなかったように、担右衛門が首を強く横に振った。

「いや、わしのせいだ」

頑として担右衛門は認めない。

「わしがおでんを食べたいなんて、いい出さなければ、今もおようは生きていた……」

確かに生きていたかもしれないが、と思いつつも玄慈は考えをめぐらせた。

——もしかすると、一昨日の晩がおようの寿命だったのではないだろうか……。

孤児として初めて帆縷寺に来たとき、おようはひどく暗い娘だった。ろくに話をしなかった。言葉を忘れているのではないか、と危ぶんだほどだ。

それが、ほかの子供たちに囲まれ、皆の優しさに触れるうちに、だんだんとしゃべるようになり、次第に明るくなっていった。同時に、おようが生来持っていた優しさも、どんどん引き出されていったのだ。

長ずるにつれ、新しく帆縷寺にやってきた子供たちの面倒をよく見てくれたし、なんでも気がつくようにもなった。どこに奉公させても恥ずかしくない娘に育ったと、玄慈は誇らしかった。

しかし、同時に若干の気がかりも抱いていた。ときおり、おようの影が薄く見えることがあったからだ。

もしかするとおようは早死《はやじに》してしまうかもしれない、と不安に心が震えたが、そんなことがあるはずがない、と何度も強く打ち消してきたのだ。

――結局は、俺の懸念が当たってしまったことになるのか……。

「玄慈さん、どうされた」

不意に担右衛門の声が、頭に入り込んできた。はっとして玄慈は面を上げた。

「ああ、済みません。ちょっとおようのことを思い出しておりまして……」

「さようか。おようは優しくて、とてもよい娘だったから、それも致し方ないな」

はい、と玄慈はうなずいた。

「しかし担右衛門さん。何度もいいますが、おようが死んだのは、担右衛門さんのせいではありません。ひどく冷え込む夜、小腹が空いてたまらないときに、おでんが食べたくなるのは当然のことです」

「わしはただの老いぼれだ。空腹など我慢して、さっさと寝てしまえばよかったのだ」

「空腹を抱えては、なかなか眠れやしません」

「寝るべきだった。わしがわがままさえいわなければ……。済まん、本当に済まん」

涙をぼろぼろこぼしながら担右衛門がしきりに謝る。憔悴《しょうすい》ぶりが、顔色に浮き上がるようにくっきりと見えた。

その姿に、玄慈は胸を衝《つ》かれるものがあった。この人は今にも死んでしまうのではないか、と危ぶんだ。担右衛門さん、と呼びかける。

「食事はちゃんと召し上がっているのですか」

玄慈にきかれて、担右衛門が涙を手の甲で拭う。

「いや、ほとんど喉を通らない……」

「食べなきゃ駄目ですよ」

「わかってはいるのだが、食べる気がまったく起きない……」

食欲ばかりは、名医でもどうにもできないのではないか。心持ちが大きく影響するものだからだ。

担右衛門が目を閉じ、黙り込んだ。なにか話しかけるほうがよいような気がし、玄慈は口を開いた。

「ところで担右衛門さん、出棺はいつになりそうですか」

気にかかっていることをきいた。担右衛門が目を開けた。

「もうじきではないかな。あまり遅いのも困りものだ。では、ちと奉公人にきいてまいろう」

担右衛門がよろよろと立ち上がりかけたのを、玄慈は制した。

「いえ、けっこうです。担右衛門さん、その前にききたいことがあります。少しよろしいですか」

「ああ、構わんよ」

しわ深い顎をこくりと引いて、担右衛門が座り直した。

「おようですが、最近なにかおかしなところはありませんでしたか」

「おかしなところ……」

うつむいて考え込んだが、担右衛門は、いや、といった。

「別になにも感じなかった。いつもと変わったところなどなかった」

さようですか、と受けて玄慈はすぐに語を継いだ。

「おようが、妙な者につきまとわれていたというようなことは」

「妙な者……。いや、おようからは、なにも聞いておらぬ。いつもの明るいおようだったが……」

そうだったのか、と玄慈は目をみはった。おようは死ぬまで普段通りだったのだ。

下手人は、と玄慈は思った。深川三間町にある人けのない路地を知っていた。土地鑑がある者とみて、まずまちがいない。

下手人が土地鑑のある者だとして、と玄慈は考えた。一昨日の晩、いきなりおように目をつけ、殺害に至ったのか。

――十分にあり得るが……。おようは前から狙われていたという線も考えられるな。

「この冬、おようが吉沢屋におでんを買いに行ったのは、こたびが初めてですか」

担右衛門を見つめ、玄慈はたずねた。

「この冬は一昨日が初めてだった……」

どこか後ろめたそうに担右衛門が答えた。ならば、と玄慈は思った。吉沢屋におでんを買いに行ったとき、おようは下手人に目をつけられたと考えるべきではないか。

吉沢屋で飲んでいた下手人は、おでんを買いに来たおようのあとをつけていった。おようがあの路地のそばまで来たときに襲いかかり、路地に引き込んだ。

――だとすると……。

下手人は、吉沢屋の馴染み客かもしれない。もちろん、一見《いちげん》の者だった可能性も捨て切れない。吉沢屋の者に話をききたい、と玄慈は強く思った。

「担右衛門さん、お話をうかがえて助かりました。感謝いたします」

「はあ、さようか……」

担右衛門がどこか虚ろな顔で相槌を打ち、立ち上がった玄慈をぼんやりと見上げる。

「担右衛門さん、これで失礼します」

座敷を出た玄慈は、顔見知りの薩田屋の奉公人を捕まえ、吉沢屋の者が来ていないか、きいてみた。吉沢屋の者は葬儀には参列していたようだが、もう帰ったらしい。

葬儀が終わったら吉沢屋に行ってみよう、と玄慈は心を決めた。

その後、すぐに出棺となった。およう は薩田屋の墓に入ることが決まっている。家族同然の者だからと、担右衛門がそういう風に計らったのだ。

玄慈は帆縷寺の子供たちとともに、薩田屋の菩提寺《ぼだいじ》である有善寺《ゆうぜんじ》へ赴いた。薩田屋から三町ほど離れていた。

有善寺の墓地におようの棺桶が置かれ、その上に丁寧に土がかけられていった。有善寺の住職の読経が、線香の煙とともに風に乗って流れていく。

子供たちの間から、すすり泣きが漏れる。玄慈も涙が止まらなかった。激しい怒りがまた噴き出しそうになり、あたりは厳しい寒さに包まれているはずなのに、全身は熱くたぎっていた。

――およう、これでさよならだ。成仏してほしいが、まだ無理だな。この俺が必ず無念を晴らしてやる。待っていてくれ。

このあと薩田屋で食事が振る舞われるということだったが、玄慈は断り、子供たちと一緒に帆縷寺に戻った。有善寺から、一刻ほどかかった。二里以上もあるから、子供の足では無理もない。帆縷寺に着いたときには、すでに日はわずかに傾き、刻限は八つを過ぎていた。

下働きのお末《すえ》が昼餉の支度をしてくれていた。喪服を脱いで作務衣《さむえ》に着替えた玄慈は膳の前に座り、子供たちと膝を突き合わせるようにして、遅い昼餉をとった。

そのあと一人で帆縷寺を出た。目指すは深川三間町にある吉沢屋である。

ときが惜しく、玄慈は走りに走った。吉沢屋まで二里の距離があったが、四半刻もかからずに着いた。

だが、刻限が早すぎるせいか、店は閉まっていた。昼に店を開け、昼餉を供する煮売り酒屋は珍しくないが、吉沢屋は夜間のみ店を開けているようだ。

一応、障子戸を叩いてみた。しかし応えはなかった。

誰もいないようだ。おそらく店の者は、住処から通いで働きに来ているのだろう。

玄慈は前の道を通る何人かにきいてみたが、吉沢屋の者がどこに住んでいるか、知る者はいなかった。ならば、と深川三間町の自身番に足を運んだ。

自身番には三人の町役人が詰めていた。玄慈は、牛込改代町にある帆縷寺という寺の住職だと、身分を明かした。

年老いた町役人が玄慈を見て、あれ、と声を上げた。

「御坊は、薩田屋さんで行われた葬儀にいらしてましたね」

玄慈は目の前の町役人に見覚えはなかったが、この年寄りも葬儀に参列していたのだろう。玄慈は、おようとの関係を町役人に語った。

「ああ、おようさんの育ての親でいらっしゃいますか。このたびは、まことにご愁傷さまでございます」

「かたじけなく存じます」

頭を下げてから玄慈は、吉沢屋の者がどこに住んでいるのかたずねた。

「おようのことで、ちょっとききたいことがありまして」

吉沢屋の主人夫婦は、隣町の深川元町に住んでいることが知れた。

「角の一軒家です。道を挟んだ西側に、お大名の屋敷が、でんと建っているのですぐにわかりますよ」

「ありがとうございます」

晴れやかに礼を述べて、玄慈は自身番を立ち去ろうとした。

後ろから町役人に呼び止められた。玄慈は振り向いた。

「ところで、御坊」

「おようさんのことで吉沢屋さんにききたいこととは、いったいなんですか」

興味津々という目で町役人が見つめてくる。そのことですか、と玄慈は説明した。

「拙僧は、おようを殺した下手人を捕らえようと思っています。その手がかりを吉沢屋さんから得たいと思いまして……」

「下手人を……」

町役人たちが驚きの目を向けてきた。

「拙僧は、なんとしてもおようの無念を晴らさなければなりません。そのためには、手段は選びません。なんでもやる所存です」

玄慈の顔が鬼気迫る凄《すご》みをたたえていたせいか、三人の町役人が怖気《おぞけ》を震うような表情になった。年老いた一人は、ひっ、と喉を鳴らしたくらいだ。

「では、失礼します」

作務衣の裾を翻し、玄慈は深川三間町の自身番をあとにした。

足早に歩きつつ、それにしても、と思った。やはり探索というのは一筋縄ではいかない。吉沢屋のあるじの住処をつかむだけで、かなりの時と労力を要したのである。

町役人に教えられた通りに行き、玄慈はそこに建っている家に訪《おとな》いを入れた。

はーい、と女の声で応えがあり、障子戸が軽やかな音を立てて開いた。吉沢屋の女房らしい女が顔を出す。

「お休みのところ済みません」

女房に向かって玄慈は頭を下げた。

「あっ、あなたさまは」

玄慈の顔を見た女房が、驚いたような声を上げた。

「薩田屋さんの葬儀に来ていらっしゃいましたね」

「はい、さようで」

どういうわけで葬儀に参列したのか、玄慈はここでも話した。

「えっ、おようちゃんの育ての親……」

絶句した女房が、いきなりおびただしい涙を流しはじめた。

「それはお気の毒に。どうか、お力落としのないよう……」

泣きながら女房が慰めの言葉を口にする。

「ご丁寧なお言葉、ありがとうございます」

「といっても、悲しくて力なんて、なかなか出ないでしょうけど……」

「まあ、そうなんですが、いつまでも悲しんでばかりはいられません。拙僧は、おようの無念を晴らそうと思っていますので……」

びっくりしたように顔を上げ、女房が目をみはる。

「御坊は下手人を捕まえる気でいるんですか」

「そのつもりです」

「ああ、それで、うちに話を聞きにみえたのですね」

女房は納得の表情になったが、不意に苦しげに顔を歪《ゆが》ませた。

「一昨夜、おようちゃんは、うちに来ておでんを買ってくれました。旦那さまが楽しみにしているから、とおでんの入った鍋を持ってすぐに帰っていったんです」

女房は悲しみが込み上げてきたらしく、再び涙を流しはじめた。

「拙僧も、そのことは担右衛門さんから聞きました」

しくしくと泣きつつ女房が続ける。

「三人も若い娘を殺している下手人がこの近所にいるかもしれないから、薩田屋さんに帰ろうとするおようちゃんを見て、あたしは不安を覚えたんですよ」

言葉を切って、女房が涙を指先で拭う。

「うちで働いている若い者に送らせようかとも思ったんですが、ちょうどほかのお客さんの注文が重なって入ったりして……」

「ああ、そうだったのですね」

「ごめんなさい」

女房が深々と頭を下げた。

「もし一昨夜、あたしが若い者を一緒に行かせていれば、おようちゃんは今も生きていたかもしれない……」

――おようが生きていても、ほかの娘さんが代わりに殺されたかもしれん……。

玄慈はその思いを口にはしなかった。

「おようがおでんを買って帰るとき、あとを追うように出ていった客はいませんでしたか」

「うちのお客が下手人だと、御坊はおっしゃりたいんですか」

女房が、わずかだが気色《けしき》ばんだ。

「そうではありません」

冷静な口調で玄慈はなだめにかかった。

「下手人は、どこかでおように目をつけたと思うのです。拙僧は今、その場所がどこか、虱《しらみ》潰しに調べているのです」

「ああ、そういうことですか」

女房の目が穏やかになった。

「確かに、目をつけてあとをつけないと、あの人けのない路地に引き込むなんてことはできませんね……」

「それでいかがですか。おようのあとをつけるようにお店を出ていった客はいますか」

「いえ、いません」

女房が迷いのない声音で答えた。

「さようですか。吉沢屋さんに飲みに来る人は、知った人ばかりですか」

「そうねえ、うちはほとんどが馴染み客ですよ」

「ここ最近、新たに店に来るようになった客はいませんか」

「ここ最近ですか……」

顎に手を当て、女房が考え込む。

「新しいお客というのは、ここしばらく、とんと見ませんねえ。うちはほんと、顔見知りばかりですから。客同士、冗談を言い合ったり、ときに喧嘩したりしていますよ」

ここまでだな、と玄慈は思った。これ以上、この女房にきいても、得られることはなにもなさそうだ。

「わかりました。お休みのところ、お邪魔しました」

詫《わ》びをいって玄慈は戸口を離れた。

——空振りだったからといって、俺は肩を落としたりはせんぞ。

必ずおようの無念を晴らすという一念が、体を突き動かしている。落胆などしている暇はなかった。

吉沢屋に、下手人とおぼしき者は出入りしていなかった。それが判明しただけでも、探索は前に進んだといえるのだ。

四

五十江がつくってくれた昼餉を食したのち、探索に出かける、と六右衛門に告げたら、わしも一緒にまいってよいか、ときいてきた。

「もちろん構わぬ」

「次の用心棒仕事が見つかるまで、この屋敷で無聊《ぶりょう》をかこつのも、つまらぬゆえ」

「確かに退屈であろうな。では、一緒にまいろう。ただし六右衛門、外に出たら決して油断するな」

「承知している。刺客がいつあらわれたとしても、わしが隙を衝かれるようなことはない」

「それならよい」

雷蔵はいつものように米造を供とし、六右衛門は太門を連れて、道を歩きはじめた。

このとき初めて歳を知ったのだが、太門は二十四歳とのことだ。さすがに若いだけのことはあり、たった一日の休養だけで、すっかり元気を取り戻していた。

午前中は大事を取って離れでじっくりと休んでいたが、出かけるという六右衛門に、それがしもまいりたく存じます、と申し出たようなのだ。

ひげをきれいに剃《そ》り、雷蔵から与えられた衣服を着用し、太門は昨日とは見ちがえるようだ。腰には刀も差している。これも雷蔵が貸したものだ。

きりりと引き締まった精悍《せいかん》な顔つきをしており、まさに別人といってよかった。

剣の腕はさすがに六右衛門には及ばないものの、かなり遣えそうだ。国元で六右衛門に厳しく鍛えられていたのかもしれない。

「雷蔵どの、枡吉の無実を証す探索が、これからはじまるのだな」

頭上からの陽射しを浴びた六右衛門は、全身が輝いているかのようだ。ずいぶん気持ちが逸《はや》っているように感じられた。

「六右衛門は、これまで探索をしたことがあるのか」

足を運びつつ雷蔵はきいた。

「わしは使番だったゆえ、そのような経験は一度としてない」

「それでも、探索をしてみたいのか」

「探索をしたいのではなく、むしろ、雷蔵どのがどのように考え、動いていくのか、そのことに興を引かれている。それで雷蔵どの、これからどこへ行くのだ」

すぐさま雷蔵は説明した。

「今日、北町奉行所で枡吉に会ったとき、浅草寺町にある寺の賭場で、殺された男と会ったことがあるといっていた。口喧嘩もしたようだ」

「では、その賭場に行き、男についての話をきくのだな」

「そういうことだ。よくわかったな」

「わしを馬鹿にしておるのか。いくら探索の経験がなくとも、そのくらいはわかる」

「馬鹿になどしておらぬ。大したものだと褒めているのだ」

そんな軽口を叩き合いながら雷蔵たちは道を進んでいった。

四谷から浅草寺町までおよそ二里。足早に歩いた雷蔵たちは、一刻もかからず浅草寺町に到着した。

「ここが浅草寺町か。確かに、寺ばかり並んでおるな」

あたりを見渡して六右衛門がいった。

「さすがに江戸だ。五本松にも寺はたくさんあるが、一箇所にこれほど大きな寺が集まっているところはなかった」

「確かに数え切れぬほどの寺が並んでいる」

「浅草だから、これらは浅草寺に縁《ゆかり》がある寺なのか」

「俺もよくは知らぬが、このあたりの寺は東本願寺《ひがしほんがんじ》につながりがあるのではないかな。ここから浅草寺までそんなに遠くはないが……」

「そうか、東本願寺に浅草寺か。さすが江戸には名刹がいくつもあるな。それで雷蔵どの、目当ての寺はなんというのだ」

「金粋山黙月寺という」

雷蔵は六右衛門に伝えた。

「雷蔵どのはその寺の場所を知っているのか」

「いや、知らぬ」

「ならば、まずはその寺を探し出さなければならぬな」

「探すより人にきくほうが早かろう」

勘よく米造が、そばを通りかかった商人主従とおぼしき二人連れに声をかけた。

「黙月寺でございますか。ええ、存じておりますよ」

主人らしい年老いた男が、すらすらと道順を教えてくれた。

「かたじけない」

前に進み出て雷蔵は頭を下げた。

「あ、あの」

瞠目して雷蔵を見た男が声を上げる。

「もしや江戸の雷神さまではございませんか」

「確かに俺はそう呼ばれていた」

「江戸の雷神さまにこんなところでお目にかかれるとは、夢のようでございます」

男を見やって雷蔵は微笑した。

「そんな大層な男ではない」

「いえ、江戸の雷神さまは、江戸で暮らす者たちのために働いてくださいました。そのことは、誰もがわかっておりましょう。火盗改のお頭を辞められたとき、手前は残念で残念でなりませんでした」

「そうだったか。俺が辞めたことを惜しんでくれて感謝する」

一礼して雷蔵たちは歩き出そうとした。男が、あの、と再び声を発した。

「黙月寺では賭場が開かれているという噂がございますが、江戸の雷神さまは賭場に行かれるのでございますか」

気がかりそうな思いを露わにしつつ、男がきいてきた。

「いや、博打《ばくち》に興ずる気などない。寺の者にちと聞きたいことがあるだけだ」

「ああ、さようでございますか」

男が胸をなでおろしたのが知れた。

「博打など、いいことは一つもございません。これまで手前のまわりで、身を持ち崩した者がどれだけいたことか……」

旦那さま、と手代らしき若者が男の袖を軽く引いた。ああ、と気づいたように男が雷蔵たちに辞儀する。

「お忙しいところ、お引き止めしてしまい、まことに申し訳ありません」

「いや、そなたの足を止めたのはむしろこちらのほうだ。かたじけなかった。博打の件もしっかりと胸にとどめておく」

商人主従と別れ、雷蔵たちは黙月寺に向かった。

「雷蔵どのは博打をしたことがあるのか」

六右衛門が興味津々という目を向けてきた。

「いや、ない。先ほどの商人もいっていたが、博打など酒と同じで、身を持ち崩す元だからな。六右衛門はあるのか」

「わしもない。しかし雷蔵どのは勘が鋭そうだ。やれば勝てるのではないか」

「それは六右衛門のほうではないか」

一町半ほど行ったところに黙月寺はあった。門前に、やくざ者らしい男たちはたむろしていなかった。

今日は賭場を開帳しておらぬのか、と雷蔵は思ったものの、こぢんまりとした山門は開いており、構わずくぐった。

思っていた以上に境内は狭かった。右手に鐘楼があり、正面に本堂が建っている。本堂の脇にある小さな建物が庫裏であろう。

境内に見える建物はその三つだけだ。参拝者や墓参りをする者は一人も見当たらず、人けはまったくなかった。

明らかに寂れた寺で、金に窮した住職が、やくざ者に賭場を開かせているのであろう。やくざ者から受け取る寺銭で、寺は命脈を保っているのかもしれない。

雷蔵たちの足音が耳に届いたか、本堂から一人の男がぬっと出てきた。階段を降りて足を止め、こちらをうかがうようにじっと見据える。

男は作務衣を着込んでおり、寺男のようにも思えたが、目つきがよいとはいえなかった。

――まるでこの寺の寺男のように見せているのは、寺社奉行所に対する目くらましに過ぎまい。

賭場を開いているやくざ者であろう、と踏んで雷蔵は男に近づいていった。

「今日、賭場はやっているのか」

男の前で足を止め、雷蔵はたずねた。近くで見ると、男の顔つきはひどくすさんでいた。とげとげしい目をしていたが、どこか人がよさそうにも見て取れた。

「うちでは賭場など開いておりません」

しらっとした顔で、男がかぶりを振る。

「とぼけずともよい。この寺で昼から賭場が開帳されていることは存じておる」

「そういわれましても……」

「よいか、俺たちは寺社奉行の者ではない。ちと聞きたいことがあって来ただけだ」

男が雷蔵の顔をじろじろ見る。

「お侍のことを、どこかで見たような覚えがあるんですが……」

「俺は江戸の雷神と呼ばれた男だ」

男が思い出す前に、雷蔵は名乗った。げっ、と男が喉の奥から妙な声を出した。

「江戸の雷神……」

「賭場の手入れに来たわけではない。俺はもう火盗改の頭でもないしな。まことに話が聞きたいだけなのだ」

「あ、あの、ど、どのような、お話でしょう」

心から畏れ入ったという風情で、男が言葉をつっかえさせながらきいてきた。

「この男が誰か知りたい」

懐から人相書を取り出し、雷蔵は男に差し出した。男が受け取り、目を落とす。しばらく凝視していたが、あっしは知りませんねえ、といった。

「この人は、うちのお客ですかい」

「そうだと思う」

「しかし、あっしは、この人を見たことがありませんねえ」

「もっとよく見てみてくれ」

雷蔵が促したとき本堂の扉を開けて、恰幅《かっぷく》のよいやくざ者が回廊に出てきた。

「おい、山助《やますけ》。揉《も》め事《ごと》か」

どすの利いた声できかれ、山助と呼ばれた男がさっと振り返る。

「いえ、揉め事なんかじゃありません。こちらのお方が、人を捜しているとのことなんで」

「人を捜しているだと」

肩をそびやかして、男がのしのしと階段を降りてくる。

「お侍、誰を捜しているんですかい」

雷蔵の前に立ち、男が目を怒らせてきいてきた。男は山助とは比べ物にならないほど目つきが鋭かった。ただの町人なら、ひとにらみされただけで、竦《すく》んでしまうだろう。

「こちらの男の人だそうです」

山助が男に人相書を渡す。男が乱暴に引ったくり、目をすがめてじっと見る。

「ああ、この人ならよく来ていたな。最近はとんと姿を見ねえが。はて、名前はなんといったかな。出てこねえ……」

ぶつぶつと男が独り言のようにつぶやく。結局、思い出せなかったようで、顔を上げて雷蔵に濁った目を当ててきた。

「なんでお侍は、この人を捜しているんですかい」

人相書を返しながら男が問うてきた。雷蔵を見て、おや、と声を漏らす。

「お侍とは、どこかでお目にかかったことがありやせんかい」

「いや、おぬしとは初めてだ」

目の前の男とは、雷蔵はこれまで会ったことがない。それは確かだ。一度でも会ったことがある者は、まず忘れることはない。

「充吾《じゅうご》さん、こちらのお侍は、江戸の雷神さまでございますよ」

横から山助がささやき声で教えた。

「なんだって」

充吾と呼ばれた男が、その場で跳び上がらんばかりに仰天する。あわあわ、と口を震わせて雷蔵を見た。

「お目にかかったんじゃねえ。どこかでご尊顔を拝したことがあるだけだ」

ご尊顔とはまた大袈裟な物言いだな、と雷蔵は内心で苦笑した。

「充吾、どうだ。この男が誰なのか、まことに思い出せぬか」

雷蔵はもう一度、人相書を充吾に渡した。落ち着きを取り戻した充吾が、人相書をじっくりと見る。目を閉じ、うーん、とうなった。

「いったい誰だっけな。ああ、そうだ。なにかの戯作《げさく》に出てくるような名前だったぞ」

「なにかの戯作というと」

目を開け、充吾が雷蔵を見る。

「ええと、あれは……。ええい、焦れってえな。ああ、そうだ、『東海道中膝栗毛《とうかいどうちゅうひざくりげ》』だったような気がしますよ」

「ならば、弥次喜多《やじきた》だな」

「さようです。弥次さん、喜多さんだ」

充吾が大きくうなずいてみせた。

「この人相書の人は、喜多八《きたはち》さんですぜ。まちがいありやせん」

「そうか、喜多八というのか」

どうぞ、と充吾が人相書を返してきた。受け取った雷蔵は丁寧にたたみ、懐にしまった。

「喜多八はどこに住んでいる」

きかれた充吾が、探るような目つきで雷蔵を見る。

「あの、喜多八さん、どうかしたんですかい」

「死んだ。殺されたのだ」

「殺された。さようですかい」

どこか冷めたような口調で充吾が応じた。

「なんだ、驚かぬのだな」

「喜多八さんなら、十分にあり得ることだと思ったんで……」

「そのわけは」

ええ、と顎を引いた充吾が、かさついている頬をぽりぽりとかいた。

「名前を思い出すのと同時に思い出したんですが、喜多八さんは質《たち》の悪い遊び人なんですよ。強請《ゆすり》やたかりで生計を立てているようなお人でしたから、殺されても不思議はありやせん。もっとも、あっしらも人のことはいえませんがね……」

唇を歪め、充吾が自嘲《じちょう》してみせる。

「それで、おぬしは喜多八の住処を知っているのか」

「いえ、存じません」

「ほかの者ならどうだ」

「さようですね、知っている者がいるかもしれませんので、ちょいときいてきますよ。しばしお待ちくだせい」

頭を下げて充吾が本堂の中に引っ込んだ。寒風が二度ばかり、境内の緑の梢《こずえ》を騒がせていったのち、別の男を連れて戻ってきた。

「お待たせして、申し訳ありやせん」

「いや、大して待っておらぬ。その者が喜多八の住処を知っているのか」

充吾の横にいる男に眼差しを注いで、雷蔵はきいた。

「済みません、この明平《みんぺい》も存じやせん。一家の中では、喜多八さんの住処を知る者は一人もいなかったんで」

「ならば、なにゆえ明平を連れてきた」

「明平は喜多八さんの女について聞いたことがあるらしく、それで連れてまいりやした」

なかなか気が利くではないか、と雷蔵は感心した。

「その女の名は」

雷蔵はすぐさま明平に質した。

「申し訳ありやせんが、名は存じません」

「では、女について、喜多八からどのようなことを聞いた」

「喜多八さんがいうには、自分にはかわいくてならない女がいると」

「かわいくてならない女か……」

下を向き、雷蔵はしばし考えた。

「喜多八は、その女と一緒に住んでいたのか」

「ちがうかと存じます。女房でもないようでしたし……」

「その女がどこに住んでいるか、喜多八はいっておらなんだか」

そういえば、と独りごつようにいって明平が考えはじめる。

「確か、本所《ほんじょ》緑町《みどりちょう》一丁目の飲み屋で働いているというような話でしたね」

「なんという飲み屋だ」

「あっしも名までは覚えてねえんですが、どうやら、いかがわしいところらしいですよ」

女が春をひさぐような飲み屋なのだろう。

「本所緑町一丁目はさして広くはありやせんから、あの町にいらっしゃれば、その飲み屋はすぐにわかるんじゃねえでしょうか」

「その通りだな。これから行ってみることにいたす」

充吾たちと別れた雷蔵は、六右衛門たちとともに黙月寺を出た。浅草寺町を離れ、新堀《しんぼり》川《かわ》沿いの道を南に下って浅草御蔵前《おくらまえ》通りをさらに進んだ。

浅草門を抜け、人々でごった返す両国広小路《ひろこうじ》を通って両国橋を渡った。回向院《えこういん》の参道には入らず右へ曲がり、そこから左に折れて竪川沿いの道を東へ進んだ。

竪川には、荷積み、荷卸しのための河岸が連なるように設けられている。流れが死んだようになっている竪川を行き交う舟も多く、櫓《ろ》の音に引かれるように東へまっすぐ行くと、六町ばかりで本所緑町に着いた。

すぐさま雷蔵たちは自身番に赴いた。

「あれ」

雷蔵をひと目見て、町役人の一人が頓狂な声を上げた。

「お侍は、江戸の雷神によく似ていらっしゃいますね」

「よく似ているもなにも、本人だぞ」

にこやかに笑って、六右衛門が町役人に伝える。

「ええっ」

自身番に詰めていた五人の町役人が皆、のけぞるように驚く。どうやら六右衛門は、男たちの反応を見て楽しんでいるようだ。

「まことに、江戸の雷神さまでいらっしゃいますか」

町役人の一人が雷蔵をじっと見て問う。

「本物だ」

雷蔵を見やって六右衛門が断言する。

「やっぱりさようでしたか」

仏を拝むような目で、町役人たちが雷蔵をしばらく見つめていた。

咳払いをして雷蔵は町役人たちを見回した。

「おぬしたちにききたいのだが、この町にいかがわしい飲み屋はあるか」

「そのような飲み屋は、この町には一軒しかありません」

力士上がりのような体つきをした町役人が、渋い顔をして答えた。

「なんという店だ」

間髪を容れずに雷蔵はたずねた。

「山際《やまぎわ》屋さんといいます」

「昼間からやっているのか」

「ええ、やっています」

「場所は」

体格の立派な町役人が道順を口にした。

「かたじけない」

町役人に向かって雷蔵は軽く会釈した。

「あの、伊香さまは、なにゆえ山際屋のことをおききになりましたので」

今度は、小柄な町役人が興味深げな目を向けてきた。

「山際屋で遊ぼうというわけではない。その飲み屋にいる女に、話を聞きたいだけだ」

「なにかの探索でございますか」

「そうだ。この男について調べている」

雷蔵は、懐から取り出した人相書を町役人たちに見せた。五人の町役人が、一斉に人相書をのぞき込む。

「おぬしらの知った者か」

「いえ、存じません」

一人がいうと、他の四人も同意した。

「見たことのないお方です」

「あの、このお方がどうかされたのですか」

年老いた町役人がきいてきた。

「殺されたのだ」

「ああ、さようにございますか……」

「俺たちは、その男を殺した下手人を捜しているのだ」

「そういうことでございましたか。しかし、江戸の雷神さまが、なにゆえそのようなことをされているのでございますか」

「確かに俺は火盗改の頭をやめさせられたが、さる者に下手人を捕らえてほしいと頼まれたのだ。それで動いている」

さすがに遠慮したか、さる者が誰なのか、町役人たちはきいてこなかった。

会話が途切れたのを潮に、町役人が人相書を返してきた。雷蔵は受け取り、懐にそっとしまった。

「では、これで失礼する。山際屋のことを教えてくれたことに、心より感謝する」

踵を返して雷蔵は自身番をあとにした。六右衛門たちも出てきた。

「よし、山際屋にまいろう」

雷蔵は六右衛門たちをいざない、道を進みはじめた。

山際屋は、町役人のいった通りの場所にあった。

「米造、太門。そなたらは外で待っておれ」

「承知いたしました」

雷蔵は薄汚い暖簾を払い、建てつけの悪い障子戸を開けた。すると、安酒と煙草《タバコ》のにおいが鼻先を漂っていった。胸が悪くなりそうだ。

暇を持て余しているらしい八人ばかりの女が長床几《ながしょうぎ》や小上がりに座り、煙管《キセル》を吹かしていたが、皆さっとこちらを見た。

「いらっしゃい」

素早く立ち上がった女が、雷蔵に寄ってきた。脂粉のにおいがすさまじく、むせ返りそうだ。

「済まぬが、客ではないのだ」

目の前の女に雷蔵は告げた。

「えっ、そうなんですか」

途端に女の目つきが険しくなる。雷蔵を町奉行所の者ではないかと疑っている目だ。遊郭以外で春をひさぐことは、法度《はっと》で禁じられているのだ。

「ちと話が聞きたくて、ここまで来たのだ」

「いったいどんな話ですか」

尖った口調で女がいう。

「その前によいか。ここに喜多八の馴染みの女はいるか」

女たちを見つめ、雷蔵は声を張った。

「喜多八さんの……。ああ、おらんさんじゃないの」

声を上げて、女が左へと顔を向けた。そこは小上がりになっており、痩せた女が一人で座していた。つまらなそうに、雷蔵たちをぼんやり見ている。

立ち籠める煙草の煙を突っ切るようにして、雷蔵は女に歩み寄った。六右衛門もついてくる。

「そなたが、おらんか」

「さようでございますよ」

どこか投げやりな感じで答えたおらんが雷蔵をじっと見て、あれ、と声を上げた。

「まさか、江戸の雷神さまじゃ、ありませんよね」

「その雷神だ」

雷蔵が肯定すると、背後にいる女たちがざわめいた。

「えっ、本物の江戸の雷神さまなんですか」

おらんが信じられないという顔になる。

「紛れもなく本物だ」

楽しそうに六右衛門が宣した。すると、女たちが雷蔵のまわりにどっと集まった。雷蔵を見て、いい男ねえ、とまるで子供のように騒ぎ出す。

雷神さまならただでいいわ、という女もいた。なんならあたしはお足が出てもいいわ。あんた、それだけのお足なんて持ってないでしょ。なにいってんの、これから稼ぐのよ。

女たちは、とにかくかしましかった。

「雷神さま。上にまいりましょう」

女たちのことをうるさく感じたらしく、おらんが雷蔵の手を引っ張った。女たちが抗議の声を上げたが、おらんは無視した。

助かった、と息をついた雷蔵は雪駄を脱ぎ、おらんに続いて階段を昇った。六右衛門も昇ってきた。

雷蔵たちは、四畳半の部屋に落ち着いた。壁土がはがれ、襖にはしみが一杯で、天井は煙草の煙で黄ばみ、畳はひどく擦り切れていつ替えたのかわからない。日に当てられていそうにない布団が、隅に押しやられていた。

お世辞にもきれいとはいえないが、雷蔵はこの手のむさくるしい部屋が嫌いではなかった。

六右衛門はなにが珍しいのか、きょろきょろと見回している。

「それで雷神の旦那、ききたいことというのは、なんですか」

雷神の旦那とは初めて呼ばれたが、なかなかよい響きに感じた。

「実は喜多八が殺されたのだ」

それを聞いても、おらんはやくざ者の充吾と同様、驚かなかった。さして悲しくもないようだ。

「いつかこんな知らせが来るんじゃないかって、思っていましたよ」

おらんは、さばさばしていた。

「なにしろ、ばちが当たるような悪さばかりしていましたからね」

「どんな悪さだ」

「たかり、脅し、強請の類ですよ」

「最近は、どんなことをしていた」

「最近ですか……」

うつむき、おらんが思案する。

「ここしばらくは脅し、強請の種がなにもなかったのか、ずいぶんおとなしくしていましたよ。ああ、そういえば、大きな儲《もう》け話があるんだ、とうれしそうにいっていましたね」

「大きな儲け話というのは」

難しい顔で、おらんが首を左右に振った。

「あたしも、その中身までは知らないんです。あの男、人に知られたくなくて、たいてい黙っているんですよ」

すぐにおらんが言葉を続ける。

「でも、どうせこれまでと同じように誰かを脅すつもりでいたんじゃないかと思いますよ」

――大きく儲けようとして脅した相手が、喜多八にはいた。だがその者に逆に殺されてしまった。そういうことだろうか……。

喜多八はなにをつかみ、脅しの種にしようとしていたのか。脅しの相手は誰なのか。

「おらん、喜多八に最後に会ったのはいつだ」

「十日ばかり前だと思います」

ほとんど考えずにおらんが即答する。

「そのときに、大きな儲け話のことを口にしたのだな」

「おっしゃる通りです」

喜多八は、その儲け話を自らほじくり出してきたのか。それとも、誰かが持ってきて、乗ろうとしていたのか。

――話を持ってきた者がいるとして、それは何者なのか。

「おらん、喜多八はどこの出身だ」

「相模国《さがみのくに》の出だと、いっていました」

「同郷の友垣はいたか」

「友垣なんて、同郷に限らなくとも、一人もいやしませんよ。信用させては裏切る。その繰り返しでしたから……」

「性格はどんなだった」

もはやきくまでもないことかと思ったが、雷蔵は口にした。

「ずるくてせこい。一言でいえば、そんな感じですね。ただし、あっちのほうだけは上手でしたねえ。それであたしは、あんな男なのに、離れられないというのもありましたよ」

おらんは、熱で浮かされたようなとろんとした目になる。

「喜多八の住処は」

「深川のどこかにしばらくいましたけど、二月ほど前に長屋を追い出されたといってましたね。せこいから、どうせ店賃をろくに払わなかったんでしょう。お金が入ると、博打ばかりしていましたから」

「賭場はどこへ行っていた」

「ここしばらくは、浅草寺町のなんとかという寺の賭場が好きで、よく足を運んでいるようでした」

　これは黙月寺のことだろう。

「歳はいくつだった」

「四十八の年男だといっていましたよ」

　いい歳だったのだな、と雷蔵は思った。それでも、死ぬには早いような気がする。

「たかりや強請、脅し以外、喜多八はなにか生業についたことはあるのか」

「四十八ですから、さすがにあったはずですよ。そういえば……」

　なにか思い出したらしく、おらんが両手をぱちんと打ち合わせた。

「武家屋敷の渡り中間や、岡っ引の手下をしていたこともあるようですよ」

「渡り中間と岡っ引の手下か。手下というのは下っ引のことだな」

「そうですね。きっと下っ引のときに人の弱みを握り、強請《ゆす》ることを覚えたんでしょう。岡っ引やその手下をやっているような男は、質の悪いのばかりだから……」

裏の世界を熟知している犯罪者が罪に問われないのと引き換えに、岡っ引を務めることがほとんどだ。御上の威勢を笠に着て、悪事を行う者も少なくない。

「喜多八は、いつ下っ引をしていたのだ」

眉根を寄せ、おらんが首をひねる。

「あれは、十五年ほど前じゃないでしょうか。岡っ引だった親分が亡くなって、下っ引はやめたというようなことを話していました」

「その親分の名は」

「いえ、存じません」

間を置かずに雷蔵は別の問いを発した。

「渡り中間をしていたとき、喜多八がどこの武家屋敷に奉公していたかわかるか」

「いえ、それもわかりません」

「では、喜多八がどこの口入屋を使っていたかはどうだ」

「確か、何度か店の名を口にしていたような」

天井を見上げて、おらんがつぶやく。

「三、四軒の口入屋に出入りしていたみたいですけど、あたしがいま思い出せたのは一軒だけです」

「それで構わぬ。なんという口入屋だ」

「代松《だいまつ》屋です」

雷蔵は、その名を脳裏に刻み込んだ。

「代松屋はどこにある」

「確か、深川の南の端のほうですよ」

覚束《おぼつか》ない口調でおらんがいった。雷蔵は深川の南のほうの地図を頭に広げた。

「深川の南というと、大島町《おおじまちょう》、中島町《なかじまちょう》、蛤町《はまぐりちょう》、入船町《いりふねちょう》、島田町《しまだちょう》、三十三間堂町《さんじゅうさんげんどうちょう》、大和町《やまとちょう》、黒江町《くろえちょう》、北川町《きたがわちょう》などか」

しかし雷蔵が口にした町名は、いずれもおらんの心に響かなかったようだ。

「永代寺《えいたいじ》に関係する町も、いくつかあるな。門前町《もんぜんちょう》、門前仲町《なかちょう》、門前東仲町《ひがしなかちょう》、門前山《やま》本町《もとちょう》などだ。——これらでもないか」

「済みません。深川で一番端っこの町というと、どこですか」

腕組みをし、雷蔵は目を閉じた。ひらめくように二つの町名が頭に浮かんだ。

「一番端というと相川町《あいかわちょう》、熊井町《くまいちょう》かな」

「ああ、それです」

おらんが甲高い声を上げた。

「熊井町です」

「熊井町というと、正源寺《しょうげんじ》のある町だな」

まだ幼い頃、雷蔵は一人で正源寺に行ったことがある。なぜあんな遠くまで行ったのだったか。

唐突に雷蔵は思い出した。子供の頃、関東郡代に興味を持ち、いろいろと調べた時期があった。

おそらく父の蔵書の一冊に、関東郡代を累代務めた伊奈《いな》家の墓について書かれていて、正源寺は墓のある寺の一つだったのではないか。幼い雷蔵は、確か伊奈忠重《ただしげ》という人物の墓参りに行ったのだ。

――なにゆえ、あれほど伊奈家にのめり込んでいたのか。今ではさっぱりわからぬ。

「承知した、熊井町だな。行ってみることにいたす」

雷蔵はおらんに礼をいった。

「では、これでな」

立ち上がり、雷蔵は四畳半の部屋を出た。階段を降り、雪駄を履く。六右衛門も降りてきた。

そのあとに続いたおらんが、雷蔵に声をかけてくる。

「雷神の旦那、また来てくださいよ。ただでいいですから」

それには取り合わず雷蔵は、またな、とおらんにいって店を出た。米造と太門の二人は寒い外でおとなしく待っていた。

「雷蔵どの、今から代松屋という口入屋に行くのか」

六右衛門にきかれて、雷蔵は日の傾き具合を見た。もう刻限は七つを過ぎているだろう。強くなった風は、さらに冷たさを帯びていた。

雷蔵は首を横に振った。

「深川熊井町は今から行くのでは、ちと遠すぎる。行ったところで、代松屋は閉まっているだろう。店に行くのは明日でよい」

「では、これからどうする」

「枡吉だが、岸に泳ぎ着いた喜多八を救おうとする前に、どぼんという水音を聞いた、といっていた。何者かに追われた喜多八が大川に飛び込んだからではないか、とも」

「ふむ、それで」

「俺は、喜多八がある者を強請ろうとして逆に殺されたと考えている。喜多八が誰を強請ろうとしたのか、定かではないが、もしかすると、大川の近くに下手人の住処があるのではないか。それに、深夜の出来事だったとはいえ、なにか目にした者がいるかもしれぬ」

「なるほど。日暮れまで間もないが、浅草へ行くのだな」

浅草駒形町にある駒形堂そばの川端で、枡吉は血のついた匕首を握り、眠っていたのだ。

「そういうことだ」

浅草を目指し、雷蔵たちは歩きはじめた。

「しかし雷蔵どのはすごいな。江戸のすべての地図が頭に入っているのではないか」

足を運びつつ六右衛門が称える。

「そんなに褒められるほどのことではない。子供の頃から町の名を覚えるのが好きで、得手だっただけだ」

「それも読書の賜物か」

「それはいえるであろう。なんにしろ、読書は生きていく上で素晴らしく役に立つ」

再び両国橋を渡り、大川沿いの道を北上する。日暮れ前に浅草駒形町に着いた。

この町で、雷蔵たちは会う者すべてに、なにか目にしていないか、聞き込んでいった。

だが、すぐに日暮れとなってしまい、聞き込みは中断せざるを得なかった。この短いあいだでは、手がかりとなるようなものはなにも得られなかった。

探索は常に空振りとの戦いだ、と西の空の夕明かりを眺めて雷蔵は自らに言い聞かせた。

――ここではなにもつかめなかったが、喜多八のことがかなりわかっただけで十分だ。

少しずつだが、前に進んでいるのは確かなのだ。一歩ずつ進めば、必ずや枡吉を助け出せよう。

「では、屋敷に戻ることにいたそう」

息をついて雷蔵は六右衛門たちに告げた。

「雷蔵どの、北町奉行所には寄らずともよいのか」

六右衛門は、枡吉の顔を見に行かないのか、ときいている。雷蔵はどうすべきか考えた。

「今日の午前に顔を見に行ったばかりだが、行ってやるほうがよいな。おそらく厳しい詮議を受けて、枡吉は萎《しお》れていよう」

「それがよい。雷蔵どのの顔を見れば、枡吉も元気が出よう。いくら揚座敷に入れられているとはいえ、牢屋敷で過ごすのはきついはずだ」

雷蔵たちは大川沿いの道を南に下り、北町奉行所に向かった。

北町奉行所に着いたときには、夜の帳《とばり》がすっぽりと江戸の町を覆っていた。風は弱まっていたが、大気は逆に凍りつくように冷え切っていた。

大門が閉まっており、人の出入りはできないようになっていた。

「この刻限では、もう中に入る術はないのか」

六右衛門にきかれ、渋い顔で雷蔵は首を縦に動かした。

「冬兵衛が居残って、まだ仕事をこなしているはずだ。町奉行は激務ゆえ、真夜中まで仕事をすることがあるそうだ」

「それはきついな」

「それゆえ、門番にあいだに入ってもらい、冬兵衛に頼むという手はある。だが、仮に中に入れても、枡吉に面会はできまい」

「ああ、そういうものなのか」

「うむ、そうだ。しかし抜かったな。番所の大門は暮れ六つに閉まることを失念していた。最近は歳のせいか、このようなことが多くなった」

あまりの迂闊《うかつ》さに雷蔵は唇を噛んだ。ほかにしようもなく、四谷の屋敷に戻るしかなかった。

屋敷に着いたときは、すでに刻限は五つに近くなっていた。

五十江がつくってくれた遅い夕餉をとったが、六右衛門はひどく疲れたような顔を見せていた。それは一緒に夕餉をとった太門も米造も同じだった。

——俺も似たようなものであろう。ひどい疲れが、すでに門を閉じた番所へと、俺を行かせたのかもしれぬ。

吸い物をすすりながら六右衛門がぼやく。

「わしは探索に向いておらぬ。こんなに疲れるものだとは、思ってもみなかった。用心棒をしているほうがずっと楽だ」

「俺は探索が好きでならぬ」

咀嚼《そしゃく》した飯をのみ込んで雷蔵はいった。

「探索は無駄になることも多いが、手がかりを得て、下手人を挙げたときの爽快さは何ものにも代えがたい」

「まあ、そういうものであろうな」

六右衛門が、合点がいったような顔でいう。

「ただし、わしがその爽快さを味わうことは、まずあるまい」

「俺についてくれば、味わわせてやろう」

「本当か。であれば明日も雷蔵どのについていこう。それで雷蔵どの、明日はどうするつもりだ」

「まず枡吉に会いに行く。次いで深川熊井町の口入屋に行く」

「確か代松屋といったな。しかし雷蔵どの」

首を傾げて六右衛門が疑問を呈する。

「なにゆえ喜多八が利用していた口入屋がそんなに気になるのだ。喜多八が渡り中間をしていたとき、なにかしでかしていたとしても、それはだいぶ昔のことであろう。こたびの枡吉の一件と関わってくるというのか」

「俺にもよくわからぬが、勘がそうするのがよいと告げてくるのだ。あれこれ考えるより、勘に従うほうがよかったということは、これまでもいくらもあった。今回も同じだと信じている」

「勘は決して馬鹿にできぬ」

六右衛門も力説する。

「剣術において、勘が鋭い者は攻守に隙がない。肝所をしっかりと押さえ、めきめきと上達していくものだ。おそらく、集中する力に優れておるのだろう」

「まさに六右衛門がそうであろう」

「勘のよさなら、太門もかなりのものだ。今は本調子ではないゆえ、本領を発揮するのはまだ先だろうが……」

「そうか。具合がよくなったら、太門、俺と竹刀を交えてくれるか」

首を動かし、六右衛門が太門を見る。太門が微笑してうなずいた。

「よし、太門。本調子になったらいってくれ。立ち合おうではないか」

「承知いたしました」

笑顔で太門が答えたが、声に張りがあまりなかった。今日の疲れもあるのだろうが、本調子でないというのは、本当のことなのだろう。

それでも、太門と立ち合えることが、雷蔵は楽しみでならなかった。早くその日が来ればよい、と願った。

――明日はきっと探索もうまくいこう。勘に従っていれば、きっといいことがある。雷蔵は確信を抱いている。

第三章

一

夜明け前の七つに起き出し、六右衛門は庭で真剣を振りはじめた。

今朝も冷え込みはことのほか厳しい。風はほとんどないが、ときおり音を立てて吹き込んできては、じかに氷に触れたかのような冷たさを肌に残していく。

寒さに対する強さを自認する六右衛門も、声を上げそうになるほどだ。

――だが、負けておれぬ。

今より厳しい寒さに包まれ、かじかむ手で戦うことになるかもしれないのだ。激しく雪が降り、視界がろくに利かない中、刀を交えることだって考えられる。

それゆえ、と六右衛門は思った。

――この程度の寒さで、音《ね》を上げてはいられぬ。寒さなど、ものともせぬようにならなければ。

雪が身の丈ほどの高さまで積もることがある五本松に比べたら、年に二、三度の降雪しかないらしい江戸の冬など、春も同然なのではあるまいか。

六右衛門は今、眼前に若林堅太郎の姿を思い描いて真剣を振っている。

――あの男とは、いずれ雌雄を決しなければならぬ。

この前、長屋で戦ったあと若林は一度も姿をあらわさないが、二度目の勝負が刻々と迫ってきているのが六右衛門にはわかる。

むろん、勝つ自信はある。だが、勝負は時の運である。実力にまさる者が、必ず勝つとは限らない。

若林はこの上ない強敵である。互いの実力はまちがいなく拮抗《きっこう》している。

この前襲われた際はかろうじて退けることができたが、次にまみえるときは、勝敗がどう転ぶか知れたものではない。

勝利を揺るがぬものにするために、六右衛門はひたすら刀を振っているのだ。勝利を得るためには、事前の備えが特に大切だ。すべてを準備した上で、勝負に全力を注ぐのである。最善を尽くさぬ者が、勝利を手繰り寄せられることは決してない。

おそらく若林はこのあいだとは異なり、多彩な攻撃を仕掛けてくるのではないか。秘剣も持っているかもしれない。もしそうなら、今度は繰り出してくるにちがいない。どんな攻撃が来ても、と六右衛門は思った。必ず対処できるようにしなければならない。絶体絶命の状況に陥っても、すぐさま反撃に移れるように自らを鍛え上げなければならない。

若林のありとあらゆる攻撃を頭の中で思い描き、六右衛門は激しく体を動かし、刀を強く振り続けた。

そうしているうちに、いつしか寒さを忘れた。今は若林の姿しか、目に映っていない。

すると、いきなり若林が目にもとまらぬ斬撃を上段から繰り出してきた。だが、それよりも早く六右衛門は深く踏み込み、刀を若林の胴に振っていった。

若林の刀が六右衛門に届く前に、六右衛門の刀は若林の体を真っ二つに斬り裂いていた。

六右衛門はさっと後ろに下がって距離を取り、刀を正眼に構えた。

——これだ。

六右衛門は、身が震えるような手応えを感じた。今の間を完璧に会得できるようになれば、勝利は確実なものとなろう。

若林に先に斬り込ませておいて、こちらも深く踏み込み、刀を振る。一連の動きすべての速さで、若林を上回るのだ。

ただし、間合が一瞬でもずれたり、遅れたりすれば、即座に命取りとなる。

一か八かの剣ではあるが、身につけておくのと、おかぬのとでは、だいぶちがう。今の間合を忘れぬうちに、と六右衛門は何度も鍛錬を繰り返した。

だが、なかなか再現できなかった。

――ふーむ、うまくいかぬな。

刀をだらりと下げ、六右衛門はいったん息を入れた。離れに目を向ける。

太門は昨日の疲れが残っているのか、いまだによく眠っているようで、離れから出てこない。せっかく熟睡しているのだから起こしたくはなく、これまで一度も声を出さずに六右衛門は黙々と稽古に励んでいた。

またしても風が吹き込んできた。汗が冷え、寒さを感じた。

気づくと、東の空が白みはじめていた。夜が朝に移り変わろうとする瞬間が、たまらなく美しく感じられた。

――これも早起きをしたからだ。天から褒美をいただいたようなものだな。

新たに力を得た六右衛門は、また刀を振りはじめた。そうしているうちに、やがて日が昇り、庭に陽射しが入り込んできた。それを機に稽古を終了した。

若林を相手に、刀を三千回以上振ったのはまちがいなく、汗をたっぷりとかいた。

——剣の稽古は数を振ればよいというものではないが、これだけの稽古を成し遂げたとあれば、それが気持ちの支えとなり、やがては自信へとつながろう。

刀を鞘《さや》に収め、六右衛門は庭の井戸に向かった。井戸をのぞき込むと、凍りついているのが眺められた。

寒風に構わずに諸肌《もろはだ》脱ぎとなった六右衛門は釣瓶《つるべ》を落として氷を割り、水をたっぷりと入れてから、釣瓶縄を引っ張った。釣瓶を手に持って頭上に掲げるや、ためらいなく、ざぶんと水を頭にかけた。

ふえー、と妙な声が口からほとばしり出たが、六右衛門は構わず二度、三度と水を浴びた。すると、水の冷たさをあまり感じなくなった。むしろ体が温かくなってきている。

用意しておいた手ぬぐいで、全身を拭いた。手ぬぐい一枚では完全に水気は拭ききれなかった。急ぎ足で六右衛門は離れに向かった。

離れに入ろうとすると、いきなり戸が開き、太門が顔を見せた。

「殿、おはようございます」

陽射しが眩しいようで、目をしばしばさせながら挨拶してきた。

「おはよう。太門、よく眠れたようだな」

「はい。疲れこそが、眠りを最も深くしてくれるものでございましょう。たっぷりと眠ったおかげで、すっきりいたしました」

「それはよかった」

「殿は刀を振っていらしたのでございますか」

上半身裸でいる六右衛門を、さすがだな、という目で太門が見ている。

「そうだ。毎朝の日課だからな」

「では、今も五本松での習慣を続けていらっしゃるのですね。できれば、それがしもご一緒したかった……」

いや、と六右衛門はかぶりを振った。

「太門はまだやめておくほうがよい。あと数日は静養につとめるがよかろう。それゆえ、今日の探索には連れていかぬぞ」

「えっ、そんな……」

太門は信じられないという顔だ。

「俺は本気だ。おまえはまだ若い。いま無理をしなければならぬ理由《わけ》など、どこにもない。今日は離れでおとなしくしておれ」

「しかし――」

「口答えは許さぬ」

一喝するようにいうと、太門が、うっ、と声を漏らし、背筋を伸ばした。

「わかりました。今日はおとなしくしております」

「それでよい」

離れに入った六右衛門は新たな手ぬぐいでさらに体を拭き、下帯を含めて着替えを終えた。さすがに気分がすっきりした。

朝餉の支度ができたようで、五十江が呼びに来た。六右衛門と太門は離れではなく、雷蔵の居間で和気藹々《わきあいあい》と朝餉をとった。

五十江の腕は相変わらず素晴らしく、今朝の食事も美味だった。六右衛門はすっかり満足した。太門も、伊香家の朝餉のうまさに目をみはっていた。

「六右衛門、茶も喫したし、胃の腑も落ち着いてきた頃だ。そろそろ出かけるとするか」

探索に出かけようではないか、と雷蔵が誘ってきた。

「よし、まいろう」

六右衛門が同意したとき、栄之進が姿を見せた。雷蔵にではなく、六右衛門に語りかけてくる。

「安斎さま、来客にございます」

六右衛門にとって、この屋敷で客があるなど、意外なことでしかなかった。

「わしに。さて、どなたかな」

「高崎屋の使いでいらっしゃいます」

──ああ、そうであった。

高崎屋には一昨日、仕事を探しに行き、よい用心棒仕事があれば、伊香屋敷にいるからつなぎをくれるよう頼んでおいたのだ。

「高崎屋というのは、六右衛門が使っている口入屋だな」

「そうだ。仕事を回してくれるよう頼んでおいたのだが、使いが来た以上、きっとよい仕事が見つかったのであろう」

「安斎さま、客座敷にお通ししてよろしゅうございますか」

栄之進にきかれた六右衛門は、首を横に振った。

「いや、わしのほうからまいろう。使いはどこにいる」

「勝手口にいらっしゃいます」

わかったといって立ち上がり、六右衛門は居間を出た。太門が供につこうとする。

「おぬしはここにおれ。茶は薬だ。もっと飲んでおくのだ」

「はっ、承知いたしました」

太門が素直にうなずき、湯飲みを手に取った。そこまで見てから六右衛門は台所に向かった。栄之進が先に立ち、案内してくれた。

――使いというのは、まことに高崎屋の者か。まさか刺客ではないだろうな。

そんな疑問が頭に浮かんだ。だが、六右衛門が高崎屋に仕事の依頼をしたことは、仁和家の者はさすがに知らないだろう。松平伊豆守の家中の若林堅太郎も同じではないか。もし六右衛門の周囲をしきりに嗅ぎ回っていたのなら、高崎屋でのやり取りを知ったということも考えられないでもないが、そのような気配は一切、感じなかった。一昨日、高崎屋へ行ったときも、尾行しているような者の姿を見ることはなかったし、いやな眼差しも覚えなかった。

――いや、ここにやってきたのは、まちがいなく高崎屋の者だ。

栄之進に勧められて台所の下駄を履き、六右衛門は勝手口から外に出た。

寒さに震えながら一人の若者が立っていた。唇が紫色になっている。屋敷内に入れてやったほうがよかった、と六右衛門は申し訳なく思った。

――これまで一度も会ったことがない男だ。

刀を持ったことすらないのが、その物腰から知れた。歳は二十七、八くらいか。色白で優しそうな目をしている。

「わしが安斎だ」

「手前は、高崎屋で手代を務めております和太《かずた》と申します。どうぞ、お見知り置きを」

　小腰をかがめ、挨拶してきた。いつも佃助しかいないから一人で切り盛りしているのかと思っていたが、そうではなかったようだ。

——高崎屋にも手代がいたのだな。

「和太とやら、今後ともよろしく頼む。それで、どのような用かな」

　はい、と和太が低頭する。

「あるじの佃助からの言伝《ことづて》でございます。用心棒の仕事が急に入りましたので、店までいらしてほしいとのことでございます」

「ほう、急に入ったのか。わかった、すぐにまいろう。わしは支度を終えたら一人で高崎屋に行くゆえ、おぬしは先に店に戻ってもらってけっこうだ」

「承知いたしました。では、これにて失礼いたします」

　和太と別れ、六右衛門は雷蔵の居間に戻った。雷蔵に、どうやら仕事が入りそうだと伝えた。

「そうか。仕事があるのはとてもよいことだ」

　柔和に目を細めて雷蔵が喜んでくれた。

「では雷蔵どの、行ってまいる」

「気をつけてくれ」

雷蔵が口にした注意がなにに対するものなのか、六右衛門は即座に覚った。脳裏に若林堅太郎の顔が浮かんでくる。

——まさか今日、あの男が襲ってくるようなことはないとは思うが……。

だが、果たして本当にそうなのか、わかったものではない。襲撃の場所と時を選べるのは、若林のほうだからだ。とにかく、気を緩めないことが肝心だろう。

「用心する。決して油断はせぬ」

六右衛門は雷蔵に強い声音で伝えた。六右衛門、と雷蔵がなおも呼びかけてきた。

「こたびの仕事に出たら、そのままこの屋敷に戻らぬのか」

そうさな、とつぶやいて六右衛門は、この先どうなりそうか考えてみた。

「急に入った仕事とのことゆえ、なにか先方に事情があるのではないかと思う。もし仕事を受けるとなったら、確かにこの屋敷にはしばらく戻らぬかもしれぬ」

「着替えは持たずともよいのか」

「まだ泊まり込むことになるか、はっきりはしておらぬ。もし入り用となれば、日本橋界隈で古着でも購《あがな》うことにしよう」

「それがよいかもしれぬな。荷物にならぬし」

「殿」

それまで黙っていた太門が、居住まいを正して見上げてきた。

「それがしも、連れていってもらえませぬか」

駄目だ、と六右衛門は太門の申し出を一蹴するような真似はしなかった。どうするのがよいだろうか、と思案した。

今日は、昨日の探索のようにいろいろなところを巡るわけではない。高崎屋のある日本橋米沢町まで行くだけだ。

それだけなら、あまり負担にはならないのではないか。むしろ、少し歩くくらいのほうが、体の健やかさにつながるような気がする。

「よかろう。太門、一緒に来い」

「ありがたき幸せ」

ほっとしたように太門が笑う。六右衛門は雷蔵に顔を向けた。

「雷蔵どの、おぬしの探索を最後まで見届けられぬのは無念の極みだが、うまくいくことを願っている」

「かたじけない」

笑みを浮かべて雷蔵が軽く頭を下げる。

太門とともに伊香屋敷をあとにした六右衛門は、やや風が強くなってきた中、高崎屋を目指した。太門の体のことを考え、あまり急ぐことなく道を進んでいく。

それでも、一刻もかからず高崎屋に到着した。

「よくいらしてくださいました」

あるじの佃助が笑顔で六右衛門を出迎えた。すぐさま六右衛門は太門を紹介した。

「我が家臣の鬼子田太門と申す」

「手前は佃助と申します。よろしくお願いいたします」

「こちらこそよろしくお願いします」

太門が丁寧に腰を折った。太門から目を離した佃助が六右衛門をじっと見る。

「安斎さま。国元から心強い方がいらっしゃったのでございますな」

どこか感慨深げに佃助がいった。

「まあ、そういうことだ」

太門のことを詳しく説明するつもりはなかった。六右衛門がなぜ浪人になったか、その背景を語る必要に迫られるかもしれないからだ。

「高崎屋、急に用心棒の仕事が入ったということだが」

「この近くに山潟屋《やまがた》さんという呉服問屋がございます。そこの娘さんの警固でございます」

「ほう、娘御の警固とな。珍しいのではないか。それで、その娘を誰から守ればよいのだ」

　きかれて佃助が首を傾げる。

「それが、詳しいことは手前もまだ聞いていないのでございます。山潟屋さんのあるじの門太郎《もんたろう》さんにお目にかかり、事情をうかがわなければなりません。それと、安斎さまへの謝礼についても、詰めなければなりませんし……」

　佃助は駆け引きに長《た》けている。今回もきっとよい謝礼を引き出してくれるにちがいない。

「では、今から店に行くのだな」

「いえ、そうではないのでございます」

　間を置かずに佃助が否定した。

「実は、ちと遠いところまで行かなければなりません」

「遠いところというと」

「三河島村《みかわしまむら》でございます」

　聞いたことはあるが、どこにある村か、まったくわからない。

「どのあたりだ」

「寛永寺《かんえいじ》はご存じでございますな」

「上野にある東叡山《とうえいざん》寛永寺なら、以前、行ったことがある」

仁和家で使番を務めていた頃、参勤交代で江戸に来て、同僚たちと見物に行ったのだ。

思えばあの頃は何事もなく、平和なものだった。数年後にこのような日が来るなど、予想もできなかった。

「寛永寺の北側には、谷中本村《やなかほんむら》や金杉村《かなすぎむら》という集落が広がっておりますが、三河島村はその先にある集落でございます。山潟屋さんの別邸がございまして、そちらにうかがうことになります」

高崎屋、と六右衛門は佃助に呼びかけた。

「三河島村の別邸に同行したら、そのまま娘御の警固に入ることになるのか」

「おそらくそうなりましょう。安斎さま、それでもよろしゅうございますか」

「構わぬ」

迷うことなく六右衛門は即答した。

「警固すべき娘御は、すでに三河島の別邸におるのだな」

「さようにございます」

ふむ、と独りごちて、六右衛門は鼻の頭を指先でかいた。

「高崎屋、二つ頼みがあるのだが、聞いてもらえるか」

「はい、なんなりと」

佃助が真摯《しんし》な眼差しを向けてきた。

「その仕事だが、この太門も一緒で構わぬか」

その言葉を聞いて、太門が顔を輝かせた。おっ、という顔で佃助が六右衛門と太門を交互に見る。

「鬼子田さまも、剣はお遣いになるのでございますな」

佃助が六右衛門に確かめてきた。

「わしには及ばぬが、なかなか遣う。下手な師範代より、ずっと強かろう」

「安斎さまが太鼓判を押してくださるなら、けっこうでございます。主従で用心棒として励んでいただけるなら、実にありがたい話でございますよ」

佃助はにこにこしている。

「実は、山潟屋さんから腕利きの用心棒を二人、頼まれておりまして。あと一人をどうしたものかと、思案していたところだったのでございます」

「ならば、太門を連れてきて、ちょうどよかったのだな」

「さようにございます。まことにありがたい仕儀となりました。それで安斎さま、もう一つの頼みというのはなんでございましょうか」

六右衛門は着替えのことを告げた。

「三河島村へまいる途中、古着屋に寄りたいのだが、よいか」

「もちろんでございます。下谷《したや》坂本町《さかもとちょう》に、よい古着屋がございます。そちらにまいりましょう」

高崎屋をあとにした六右衛門と太門は、佃助の先導で道を北上していった。佃助によると、三河島村まで一里半ほどあるという。

――急げば半刻あまりで着くが……。

歩きながら六右衛門は、太門を振り返って見た。手ぬぐいで汗を拭きつつ懸命に歩いている。

息はさして荒くなってないようだ。顔色も悪くない。六右衛門の眼差しに気づいて太門が、大丈夫です、と答えるようににこっと笑った。

今の笑顔は、と六右衛門は胸を衝かれた。

――すべてが平和で、我が家になにもなかった頃と変わらぬ。

昨晩、たっぷり眠ったのがやはりよかったのだろう。太門は、完全に元気を取り戻しているのだ。

やはり若さというのは素晴らしいものだな、と六右衛門は少しうらやましくなった。

六右衛門たちは左手に寛永寺の森を眺めつつ、さらに道を急いだ。途中、下谷坂本町一丁目の古着屋に寄り、六右衛門と太門は古着を買った。ただ、驚いたことに、古着代を佃助が出した。それはならぬ、と金を渡そうとする六右衛門に、大丈夫でございます、と佃助がかぶりを振る。

「この古着代は、口銭《こうせん》に含めて山潟屋さんから受け取りますので」

どうしても金を受け取ろうとしなかったので、六右衛門は佃助に甘えることにした。

やがて家並みが切れ、あたりの風景が緑一色に変わってきた。畑が広がっており、百姓家が散見できる。どこぞの大名家か旗本家のものらしい武家屋敷も、いくつか望めた。肥《こえ》らしいにおいも、風に流されることなく漂っていた。

――このにおいはむしろ懐かしいな。五本松ではよく嗅いだものだ。

佃助は何度か山潟屋の別邸に行ったことがあるらしく、迷いのない足取りで軽やかに歩いていく。

「このあたりは金杉村です。この集落を過ぎれば、三河島村になります。あと少しで着きますよ」

いかにも張り切った様子の佃助が、六右衛門と太門に説明する。それから十町ほど進んだところで、道を左に曲がった。

六右衛門とともに太門も、佃助のあとに続いた。二町ほど先の突き当たりに、ぐるりを塀で囲まれた広壮な家が建っているのに気づいた。

「あの家ですよ」

六右衛門たちを振り返って佃助が指さす。

「なんとも立派な家ですね」

目を大きく見開いて、太門が感嘆の声を上げる。まったくだな、と六右衛門は答えた。

「江戸の金持ちというのは、やはりとんでもないな。あれで塀に棟門をつけたら、武家屋敷も同然だ」

苗字帯刀を許された町人や百姓以外、棟門を設けることは御上に禁じられているから、代わりに木戸門がつけられているが、家自体は武家屋敷になんら見劣りしない。

佃助が家の前で足を止めた。高崎屋を出たときは低く位置していた太陽が、今は中天に昇りきっていた。

おかげで寒さはだいぶ和らぎ、わずかながら暖かさも感じられた。縮こまっていた体も、少しだけ筋が伸びた感がある。

木戸門の前に立った佃助が、とんとんと叩く。はい、と男の声で応えがあり、どちらさまでしょう、と木戸越しにきいてきた。

「高崎屋でございます」

佃助が朗々たる声を発した。

「よくいらしてくださいました」

音を立てて木戸が開き、やや歳のいった男が顔をのぞかせた。

「ああ、郡兵衛《ぐんべえ》さん」

その場で佃助が辞儀しようとするのを制し、郡兵衛と呼ばれた男が木戸を大きく開いて、早く入るよう急かした。

郡兵衛のそのさまを目の当たりにして、やはりなにかあるのだな、と六右衛門は思った。

「では失礼して」

頭を下げて佃助が木戸をくぐる。六右衛門たちもすかさず続いた。郡兵衛が木戸を閉め、がっちりと閂《かんぬき》をかける。

「安斎さま、鬼子田さま、こちらは山潟屋さんで一番番頭を務めていらっしゃる郡兵衛さんです」

「郡兵衛と申します。どうぞ、よろしくお願いいたします」

郡兵衛が、いかにも柔らかげな物腰で頭を下げる。六右衛門と太門も、丁寧な口調でそれぞれ名乗った。

「こちらにどうぞ」

訳知り顔の郡兵衛の案内で、六右衛門たちは濡縁から客座敷とおぼしき畳の間に上がった。三方の襖が、すべて富士山の画《え》で統一された十畳間である。

出された茶を喫して並んで座していると、右側の襖が開き、四十歳前後と思える男が客座敷に入ってきた。

栄養が行き届いているらしく、ふくよかな顔をしているが、どこか憔悴した風情が頬にわずかながら浮き出ている。

——このやつれようは、用心棒を入り用としている娘御に関係しているのだろう。相当の心労があるようだ……。

いったいなにがあったのか、と六右衛門は思ったが、想像を膨らましたところで正解にたどり着くはずもない。

男は疲れたように脇息《きょうそく》にもたれたが、すぐに背筋を伸ばし、しゃんとした。

「手前は、山瀉屋のあるじ門太郎と申します。どうぞ、お見知り置きを」

それに応じて、佃助が六右衛門と太門を紹介する。

「こちらの安斎さまは、これ以上ないほどの遣い手でございます。もうお一方《ひとかた》の鬼子田さまも相当の腕前でございます」

「高崎屋さんが太鼓判を押すのなら、まちがいないでしょう」

うんうんとうれしげに門太郎がうなずく。

「二人とも、素晴らしい腕の持ち主でございますよ。もちろん、お人柄も確かでございます。必ずや山潟屋さんのお役に立てるものと、手前は信じております」

「それはありがたい。ええ、高崎屋さんのご紹介ですから、お二人の腕について、手前は微塵《みじん》も疑ってなどおりませんよ」

「ありがたきお言葉にございます」

笑みをたたえて佃助が低頭する。

「それで、用心棒についてほしいのは、娘さんと聞いておりますが」

「さよう」

深く息をついて門太郎がいった。

「警固をしてほしいのは、娘のお宣《せん》でございます」

「なにゆえお宣さんに用心棒が入り用なのでございますか」

眉根を寄せ、門太郎が厳しい顔になる。

「二日前の夜、奉公していたお屋敷から逃げ出してきたのでございますよ」

「えっ、逃げ出したのでございますか」

　驚きの声で佃助がきく。

「さよう。いったいなにがあったのか、いくらきいても、娘は話さないのでございます。ひどく怯《おび》えておりまして……」

　手込めにされかけたのではないか、と六右衛門は思った。妻の芳江《よしえ》のことがあるから、どうしてもそう考えてしまう。

「ただなにも話さないのではなく、娘は、殺される、とたびたび口にしております」

「誰に殺されるのかは、おっしゃっていないのですね」

「問い質しても、なにもいいません。ただし手前としても、娘が殺されると怯えているのを放っておくことはできません。それで、高崎屋さんに用心棒をお願いしたのです」

　そういう経緯だったか、と六右衛門は合点がいった。

「お宣さんを狙っているのは、奉公先でございましょうか」

　佃助がたずねると、門太郎がかすかに顎を引いた。

「それが最も考えやすいところですが、娘がなにも話さないのに断ずるわけにもまいりません」

すぐに門太郎が言葉を続ける。

「日本橋の店にいては娘が危ういのではないかと考え、取り急ぎこちらに連れてまいりました」

「さようでございましたか。それは難儀でございましたなあ」

佃助がしみじみと同情する。

「山潟屋。一つきいてよいか」

威儀を正し、六右衛門は割り込むように門太郎にたずねた。

「はい、なんなりと」

喉仏を上下させ、門太郎が六右衛門に目を当ててくる。

「奉公先から日本橋の店に人が来たということだな」

はい、と門太郎が答えた。

「ご用人がまいりました。お宣が急にいなくなったが戻っておるのか、と」

用人か、と六右衛門は思った。お宣は武家屋敷に奉公していたのだ。大店の娘が行儀作法を身につけるために、武家に奉公に出ることは珍しくない。

「用人が来たのは、いつのことだ」

「昨日の朝のことでございます」

「昨日の朝か……。その後、お宣をこの家に連れてきたのだな」

「駕籠に乗せて連れてまいりました」

もしかすると、と六右衛門は考えた。そのとき、つけられたかもしれない。

「用人にお宣のことをきかれて、おぬしはなんと答えた」

「戻っておりません、と。お宣がいなくなったのでございますか、いったいどこに行ってしまったのでしょう、と驚いた素振りをいたしました」

「その返答に用人は納得した様子だったか」

難しい顔で門太郎が首をひねる。

「正直、わかりません。お宣がどこかよそに行く当てはあるのか、と手前にきいてまいりましたが……」

「用人は素直に引き上げたのか」

「はい。本当は、家の中を見て回りたかったのかもしれませんが」

「そうであろうな。お宣はなにか見てはならぬものを、見てしまったのかもしれぬ」

六右衛門にいわれて門太郎が目をみはる。

「やはり、そうなんですね。いったいなにを」

「お宣がいわぬのなら、我らにはわからぬ。奉公先の武家屋敷でなにかあったのは、まちがいなかろう」

——もしお宣を殺しに来るとしたら、奉公先の者しか考えられぬ。口封じだ。

「奉公先の武家はなんという家だ」

新たな問いを六右衛門は投げた。

「千六百石の御旗本で、音崎《おとさき》さまといいます」

「主君の名は」

「力五郎《りきごろう》さまと」

「どういう縁で、お宣を音崎家に奉公させることになった」

「音崎さまは、うちのお得意さまでございます。特に、奥方さまがご贔屓《ひいき》にしてくださいました。奥方さまはとてもお優しいお方で、娘を預けても大丈夫と手前は考えました」

すぐに門太郎が、心配事があるかのように眉を曇らせた。

「その奥方さまも、今は病に臥《ふ》せっておられるようにございます。気がかりでございます」

そうか、と六右衛門はつぶやいてから続けた。

「ところで、音崎家には、よからぬ噂はないか。殿さまが奉公人に乱暴するとか、町なかで狼藉をはたらいたとか……」

「悪行の噂は一切ございません。そのあたりは、娘を奉公させる際、よく調べましたので。よいお殿さまと評判でございます」

　ふと門太郎がなにかを思いついたような表情になった。

「今のお殿さまではございませんが、先代のお殿さまである力右衛門《りきえもん》さまがご自分の奥方を斬り殺した一件があったとは、耳に挟んでおります」

　そのようなことがあったのか、と六右衛門は驚いた。

「先代が奥方をな。いつのことだ」

「かれこれ二十五年ほど前のことだと聞いております」

　ずいぶん前のことではあるな、と六右衛門は思った。

「そのむごたらしい一件を知った上で、お宣を音崎家に奉公に出したのか」

　いいえ、と門太郎が首を左右に振る。

「その事実を知ったのは、娘を奉公に出したあとでございます。それに、二十五年ほど前のことでございますから、気にするほどのことでもないかと……」

「確かにその通りだな」

　六右衛門は門太郎を見つめた。

「なにゆえ音崎家の先代は、奥方を斬り殺したのだ」

「詳しいことは手前も存じませんが、奥方さまが不義をはたらいたのでは、ということでございます。それゆえ、斬った先代のお殿さまには、なんのお咎《とが》めもなかったと聞いております」

「なるほど、そういうことか」

六右衛門は深くうなずいた。密通は手討ちが認められることがほとんどだ。少し考えてみたが、ほかにきくべき事柄は見つからなかった。

「わかった。この命に替えて娘御を守ろう」

力強い口調で六右衛門は宣した。

「ありがとうございます。感謝いたします」

両手をきっちりと揃え、門太郎が深々と頭を下げた。

その後、六右衛門たちはお宣に会った。お宣は四畳半の暗い部屋の隅に、ちょこんと座っていた。六右衛門たちが部屋に入ってそばに端座しても身じろぎ一つせず、見もしなかった。

清楚《せいそ》な感じの娘だが、門太郎がいっていたようにひどく怯えている様子に見えた。歳はまだ二十歳に達していないだろう。

お宣、と六右衛門は呼びかけた。六右衛門の声が届かなかったかのごとく、お宣はじっとうつむいている。兎《うさぎ》のように怯えていると感じられた。

「お宣、わしらはそなたの用心棒だ。そなたの身は、わしとこの鬼子田太門が必ず守ってみせる。決して誰にも害させぬ」

お宣はなにも聞こえていない風情だったが、六右衛門たちが自分を守ってくれる者であるとは解したようだ。用心棒だと六右衛門が告げたとき、ほんのかすかだが表情が動き、瞳にちらりと光がよぎったのである。

この娘になにがあったか知らぬが、と六右衛門は思った。怯えて声もろくに出せないお宣が、かわいそうで仕方ない。

「必ず守るゆえ、安心してくれてよい」

少し身を乗り出し、六右衛門はお宣に力強い口調で語りかけた。

――相手が何者かまだはっきりせぬが、もし本当にお宣を襲ってきたら、容赦はせぬ。

拳をかたく握り締めて、六右衛門は決意を新たにした。

二

いつもと同じく子供たちと朝餉を食したのち、玄慈は作務衣を着て帆縷寺を出た。

寒いな、とつぶやきつつ道を急ぐ。

四つ前には深川三間町に着き、おようが殺された路地の近くで聞き込みをはじめた。

しかし、聞き込みの範囲を徐々に広げ、昼を過ぎるまで一刻以上もかけて聞き込みを行ったにもかかわらず、事件を目撃した者を見つけることは、できなかった。怪しい者を見た者すら、一人も探し出せなかった。

小間物屋の横を走る道の端に立ち、玄慈は大きく息を吐き出した。

──探索というのは難しいものだ。

やはり一筋縄ではいかない。闇雲に動き回っても、と玄慈は思案した。腹が減るだけで、なにも得られないようだ。

──こんなとき、雷蔵さんならどうするだろうか。

玄慈は、精悍な顔を脳裏に浮かべた。

すると頭の中の雷蔵が、玄慈、と語りかけてきた。

今おぬしは一人で調べているのであろう。それゆえ、大勢を繰り出さなければならぬ手立てを取るべきではない。もっと的を絞らなければならぬ。

戒めるようにいって雷蔵の顔がかき消えた。

──的を絞るか……。

それにはどうすればよいのか、と玄慈は考え、腕組みをした。

さっぱりわからんな、と途方に暮れ、天を仰ぎ見た。太陽はすっかり中天に昇っていた。

――それにしても、なんとお天道《てんと》さまは明るいものなのか。しかも暖かい。実にありがたいぞ。

目を閉じてうっとりした。だが、とすぐに思った。この暖かさをおようが感じることは二度とない。今は冷たい墓場の中にいる。

あまりにおようがかわいそうで、玄慈は涙が出そうになった。

はっとした。これか、と思った。

――おようが殺されたのは、三日前の夜だ。昼間ではない。夜に的を絞って調べなければならないのではないか。

こんなことにもなかなか気づけないなど、と玄慈は唇を噛んだ。

――俺はやはり素人だな。まだまだだ。

だが、探索の方向は定まった。つまり、夜に商売をしている者に、話を聞くべきなのであろう。的を絞るとは、そういうことではないのか。

例えば、夜に働いているとなると、どういう者がいるか。

すぐに思いつくのは夜鷹《よたか》だ。

夜鷹には、夜を待って、たまり場になっている空き地に行き、話を聞くしかない。夜鷹の住処など、そうそう調べられるものではない。

ほかにはどんな商売があるか。

按摩《あんま》も客を求めて笛を吹き、夜間に道を流し歩いている。ただし、按摩は盲目の者が多くを占めているから、話を聞いても得られるものはないかもしれない。

煮売り酒屋や料亭なども夜は店を開けているが、商売をしている最中に奉公人が外に出ることは滅多にないだろう。やはりなにも見ていない公算が大きい。

――そうだ、夜鳴き蕎麦屋がいるな。

夜鳴き蕎麦屋も、話を聞くには夜しかないだろうか。

――いや、そうでもないな。

夜鳴き蕎麦屋は、住処の前に屋台が置いてあったりするからだ。

この界隈で夜鳴き蕎麦の屋台を探し出せれば、おようが殺された晩のことについて、なにか見た者、あるいは知っている者に話を聞けるかもしれない。

これはよい思いつきではないかと、玄慈の心は弾んだ。

――ありがとう、雷蔵さん。

軽くなった足で玄慈は、深川三間町を中心に、夜鳴き蕎麦の屋台が置いてある長屋や家がないか、探し回った。

すると、深川北森下町にある裏長屋の前に、夜鳴き蕎麦の屋台が置いてあるのを見つけた。ここに住む人がなにか見ているかもしれない、といやが上にも玄慈の期待は高まった。

足を踏み出し、玄慈は障子戸をほたほたと叩いた。すぐには応えがなかった。

——夜が遅いから、もう昼とはいえ、まだ寝ているのかもしれんな。

しかし、ここであきらめるわけにはいかない。申し訳ないと思いつつ戸を叩き続けていると、へいへい、といかにも眠たげな男の声が耳に届いた。

「どちらさんで」

障子戸越しにきいてきた。

「手前は玄慈といい、牛込改代町の帆縷寺という寺の住職を務めている者だ」

「ご住職だって」

障子戸が、がたがた、と大きな音を立てて開いた。五十歳くらいの男が顔をのぞかせ、玄慈を見つめてきた。

「寝ているところを起こして申し訳ない」

「もしやお布施ですかい」

「いや、そうではない。話を聞きたくて、訪ねたのだ」

「あっしに話を……」

男は訝しげな目を当ててきた。

「もしや新しい宗門へのお誘いですかい」

「いや、そのような者ではない」

どういうことで訪ねてきたのか、しばらく言葉もなく玄慈を見つめていた。

えっ、と男が絶句する。玄慈は手短に語った。

「このあいだ殺された薩田屋に奉公していた娘さんは、ご住職のお寺で育ったんですか。それで娘さんの無念を晴らすために、ご住職はいろいろと調べているんですね」

「そういうことだ」

「わかりました。それで、どんな話を聞きたいんです。——ああ、むさ苦しいところですが、お入りになりますかい」

男は同じ長屋の者の目を気にしたようだ。数人の女房らしい女たちが井戸端から、探るような目で玄慈を見ていた。

「ああ、そのほうが落ち着いて話せるな」

玄慈は中に入り、障子戸を閉めた。四畳半一間きりの店である。この広さでは屋台は入りそうにない。

家財はほとんど見当たらない。男はどうやら一人暮らしのようだ。女が少ない江戸では、独り身の男はごまんといる。

男に勧められるままに四畳半へ上がり、玄慈は座布団に端座した。

「寝ていたところに押しかけてしまい、まことに申し訳ない」

「いえ、いいんですよ。もう起きなきゃいけない刻限だったんで。それに、お坊さんには功徳《くどく》を施すほうがよいことがありますからね。ああ、お茶を召し上がりますか」

「いや、けっこう。申し訳ないが、急いでいるのだ」

わかりました、といって男が玄慈の向かいに座した。

「あっしは森吉《もりきち》といいます」

「拙僧は玄慈と申す」

「それでご住職、どんな話を聞きたいんですかい」

「おようは三日前の晩、五つ頃に殺された。その晩、森吉さんは屋台を引いていたか」

「三日前なら、ええ、引いていましたよ」

「どのあたりで商売をしていた」

「あっしがいつも屋台を引いているのはこの界隈ですが……」

「深川三間町でも商売をするのか」

「もちろんですよ。あの晩は三間町にけっこう長くいましたね。ただし五つ頃からしばらくは、三間町の隣の元町にいましたよ。肥前唐津《ひぜんからつ》で六万石を領する小笠原《おがさわら》さまの下屋敷のそばです」

　隣町といっても、森吉はおようが殺されたとき、かなり近くにいたことになる。

「その晩、なにか怪しい者を見なかったか」

「怪しい者ですか……」

　首をひねり、森吉が考え込む。

「いえ、わかりませんねえ」

　ふと森吉の表情が動いた。

「妙な客が蕎麦切りを食べに来たりは、しなかったか」

「妙な客というわけではないんですが、あの晩は質の悪い酔っ払いが来たんです。勘定で揉めたりして、けっこう難儀したんですよ。あっしが酔っ払いを、ようやく追い払ったときに……」

　そこで言葉を止め、森吉がごくりと唾を飲んだ。

「それで」

　我慢できず玄慈は先を促した。

「あれは五つ半頃でしたか、屋台のそばをお武家が歩いていったんです」

「侍が……」

おようの体に残されたすさまじいまでの切り口から、下手人は侍ではないかと町方は見ているようです、と深川三間町の町役人がいっていた。

「ええ。そのお武家はたった一人で供も連れず、しかも提灯《ちょうちん》を持ってなかったんで、いきなり暗闇から、ぬっとあらわれた感じでした。あっしはびくっとしたんですよ。そのお武家のことはすっかり忘れていましたが、いま思い出しました」

ただ一人で供を連れていなかったというのは、かなり怪しい。

「どんな侍だった。顔を見たか」

勢い込んで玄慈はきいた。森吉が残念そうにうつむいた。

「すっぽりと頭巾をしていたので、顔は見えなかったんです。歳もいくつくらいか、はっきりとはいえません。物腰から若さは感じませんでしたね。あれは、四十くらいかもしれません」

顔がわからずとも、物腰から四十前後と絞れたのは素晴らしいことだ、と玄慈は思った。

「顔が見えなかったとしても、その侍にこれぞというような徴《しるし》はなかったか」

「ええ、ありました」

確信のある顔で森吉が即答した。

「どんな徴が」

「ちらっと見ただけなんで確かなことはいえないのですが――」

前置きして森吉が続ける。

「そのお武家は、左肩を落として歩いているように見えましたよ。あれは、おそらく体のどこかに歪みがあるからでしょう」

「体に歪みが……」

「以前、肩のあたりに重い傷でも、負ったんじゃありませんかね」

「左肩になにかひどい怪我をしたということか。しかし森吉さん、よく体に歪みがあるなど、わかるものだな」

その言葉を聞いて森吉が苦笑する。

「実は、あっしは鍼灸師《しんきゅうし》だったんですよ。腕は自分でもまずまずと思っていて、けっこう繁盛していたんです。おかげで二十年も鍼灸師を続けることができたんですが、あるときを境に、すっぱり辞めることにしたんです」

「なにゆえそのような仕儀に」

当然の問いを玄慈はぶつけた。眉を八の字にし、森吉が少しいいにくそうにする。

「鍼の加減をまちがえたことがありましてね……。危うく人を殺しそうになったんですよ」

なんと、と玄慈は驚いた。

「本当のことをいえば、辞める少し前から、手が震えるようになっていたんですよ。人を殺しかけたことで、これは潮時だなと思い、辞めました。今は蕎麦の屋台を引いていますが、人を殺すようなことにはならないんで、まあ、気楽なものです」

森吉が首筋をぽりぽりとかいた。

「夜鳴き蕎麦屋の屋台を引くようになったら、手の震えもおさまりましてね。不思議なものです」

そんなことがあったのか、と玄慈は思った。生きていれば、いろいろある。誰にとっても平坦な人生など滅多にない。

それにしても、と玄慈は思った。

——左肩が落ちたその侍が、おようを殺したのだろうか。

その可能性がある以上、今はそうだと信じて、前に進むしかない。

「その侍はどこへ向かった」

玄慈はさらに問うた。

「西でしたね」

西か、と思い、玄慈は目を閉じた。深川三間町の町並みを思い浮かべる。家々に沿って濃い闇が広がっているのが眺められた。

——おようが、のみ込まれてしまった闇だ。くそう。

悔しさが募ってきたが、玄慈はなんとかそれを押し殺した。

「森吉さん、ほかになにか気づいたことはないか」

玄慈にきかれて森吉が考え込む。

「そういえば、ほっかむりをした男の人がいたんですよ」

「そのほっかむりをした男がどうかしたか」

「いま考えると、頭巾のお武家をつけていたような気がするんです」

「ほっかむりの男が侍をつけていただと……」

「ほっかむりの男の人も、提灯を持たずに歩いていたんですよ。暗い中、暗がりを選んで歩いているような感じでした。それで、つけているのかな、と思ったんです」

すごいな、と玄慈は森吉に感心した。

「森吉さんは人を観察する力に優れているな」

「えっ、さようですか」

「うむ。素晴らしい才を持っているようだ」

夜鳴き蕎麦屋の親父《おやじ》にしておくにはもったいない、という言葉はのみ込んだ。侍を追っていた男か、と玄慈は思った。それはいったい何者なのか。なぜ侍をつけていたのか。

今はまだわからない。だが、森吉から耳寄りな話を聞けたことで、探索は大きく前に進んだといってよい。心からの礼をいって玄慈は森吉の長屋を出た。

足早に歩き、深川元町の小笠原家の下屋敷の前にやってきた。

長くまっすぐな道が東西に続いている。道の南側は、すべて大きな武家屋敷で占められているが、町人たちの人通りはかなりある。この道は、大川に架かる新大橋につながっているから、至極便利なのだろう。

——侍ですさまじい剣の腕を持つ者か。

改めて玄慈は考えてみた。その侍がどこか道場で修行をしなかったとは考えにくい。剣術道場を虱潰しにしてみるしかあるまい、と玄慈は思った。

玄慈は西へと歩きはじめた。目につく限りの剣術道場を訪ねるつもりだった。深川界隈だけでもかなりの数の剣術道場があった。

しかし空振りばかりだった。それでも、玄慈はあきらめなかった。おようの無念を晴らすという一念で、道場への聞き込みを続けた。

すでに刻限は昼の八つ半近くになっていた。さすがに空腹を覚え、一軒の蕎麦屋に入った。

残念ながら、出汁のうまみが感じられないつゆはぬるい上に、蕎麦切りには腰がなく、お世辞にもうまい蕎麦切りとはいえなかった。

探索が進まんときは食事も駄目なのだな、と落胆した。

――だが、くじけるものか。少なくとも、腹は満たせたのだ。

なんとか元気を取り戻し、玄慈は再び道場を当たりはじめた。

深川界隈には見切りをつけ、新大橋を渡った。橋を渡ってすぐの道を大川沿いに北上し、薬研堀《やげんぼり》に架かる難波橋《なにわばし》を通り過ぎた。

それまで武家屋敷ばかりだったのが、一気に町家が増えた。米沢町三丁目に入ったのである。

そのまま両国広小路を抜けた玄慈は、神田川沿いを西へ向かった。剣術道場を見つけては話を聞くということを飽きずに繰り返した。

ようやく当たりを引いたのは、すでに暮れ六つの鐘が響き渡るのではないかという頃だった。耐えがたいほど腹が減り、足が達者な玄慈といえども、ふくらはぎのあたりにだるさを覚えはじめていた。

そこは、古葉《こば》道場という剣術道場だった。これまではどの道場を訪ねても、そういう者に心当たりはござらぬ、とはねつけるようにいわれるばかりだった。

だがこの道場では、なにゆえ左肩が落ちた侍を捜しているのかと、総白髪の師範代に初めてきかれたのだ。

どう答えればよいか迷った玄慈が少し口ごもったのを見た師範代がすかさず、中に入られよ、といざなってきた。

「立ち話より、落ち着いて話ができよう」

玄慈は、無人の道場に招き入れられた。静謐《せいひつ》な空気に満たされている道場には長い歴史が感じられ、荘厳さを覚えるほどだった。

よい気にあふれているな、と玄慈は深く息を吸い込んだ。門人たちの夜の稽古は、おそらく暮れの六つ半くらいからはじまるのではないか。

まず玄慈は、自分が牛込改代町にある帆縷寺という寺の住職であると伝えた。

「やはり僧侶をされているお方であったか。そうではないかとにらんではいたが……」

玄慈をじっと見て師範代がうなずいた。

「それで、なにゆえ左肩の落ちた侍を捜しているのかな」

「他言無用に願いたいのですが」

見所《けんぞ》に座って玄慈は声をひそめた。

「承知した。決して誰にもしゃべらぬ」

長月《ながつき》岩《いわ》之介《のすけ》と名乗った師範代は、いかにも謹厳そうな顔で請け合った。

「師範代は、深川のほうで四人もの娘が同じ下手人に殺されているのをご存じですか」

「ああ、存じておる。なんでも、骸には死化粧が施されているとか……」

知っているなら話は早い、と玄慈は思った。

「殺された一人が、拙僧の寺で育った娘だったのです。孤児でした」

「えっ、さようか。それは気の毒なことだ。将来《さき》のある若い娘を無慈悲に殺してしまうなど、下手人は決して許すことができぬ。この手で叩っ斬りたいくらいだ」

憤怒の表情で長月がいった。怒りが強すぎたか、手がわずかに震えていた。

ご同情畏れ入ります、と玄慈は受けた。

「拙僧は、殺された娘の無念を晴らそうと、いろいろと調べ回っているのです」

むっ、とうめくような声を長月が漏らした。

「では、御坊は仇討《あだうち》も同然のことをするつもりなのだな」

「さようです。それで、もしかすると四人の娘を手にかけた者が、左肩が落ちた侍かもしれないとわかったのです」

「なんと」

　やや高い声を上げ、長月が目をみはる。

「それはまことのことなのか」

　どういう経緯で左肩が落ちた侍に行き着いたか、玄慈はわけを説明した。

「ほう、夜鳴き蕎麦屋の主人が見ていたのか」

「夜鳴き蕎麦屋の主人には深く感謝していますが、残念ながら今はそれだけしか手がかりがありません。それで、左肩の落ちた侍を追っているのです」

　玄慈は真摯な口調で告げた。ふむう、と長月が深い息をついた。それから面を上げ、鋭い眼差しを向けてきた。

「実をいうと、一人、心当たりがある」

　きっぱりとした声で長月が言い切った。

「まことですか」

　我知らず玄慈は身を乗り出していた。

「まことだ」

「どこの誰ですか」

「左肩が落ちた侍は、若い頃、我が古葉道場で修行していたことがある」

長月が前置きのような言葉を述べた。そうだったのか、と手応えを得た玄慈はぎゅっと拳を握り込んだ。

「その侍の左肩が落ちるようになったのは、この道場に通いはじめる前、屋敷でお父上と稽古をしている際に木刀でしたたか打たれ、鎖骨を折ったということであった」

うまく骨がつかなかったのだろう。それで左肩が落ちるようになったにちがいない。

夜鳴き蕎麦屋の森吉の見立ては正しかった。そのおかげで、ここまでたどり着けた。森吉には感謝しかない。

「師範代、それはどこの誰ですか」

腹に力を込めて玄慈はきいた。ためらいなく長月が口にした。

「音崎力五郎という方だ」

「音崎力五郎……」

聞いたことがない名だ。この音崎という侍が下手人なのだろうか。

「何者ですか」

「千六百石取りの旗本だ。今もそうかはわからぬが、この道場に通っているとき、音崎家は小普請《こぶしん》だった」

小普請とは非役の御家人や旗本のことをいう。千六百石なら禄高はかなり高いが、小普請では内情は苦しいかもしれない。

「歳はいくつくらいですか」

「今は四十になったかならずやではないかと思う」

やはり森吉の見立ては正しかった。

「剣の腕はいかがですか」

「相当なものだ」

厳しい眼差しを玄慈に注いで長月が断じた。

「左肩が落ちているせいで、袈裟からの振り下ろしの出どころが人とは異なる上、異様に鋭かった。そのために打ち込みはかなり受けにくく、わしも何度か手ひどくやられたことがある」

師範代に打ち込めるなど、かなり強いのはまちがいないようだ。容易ならぬ相手であるのは確かであろう。

だが、怯んでなどいられない。なんとしてもおようの無念を晴らすのだ。

「音崎家の屋敷の場所を、教えていただけますか」

玄慈が申し出ると、長月が一度、瞑目した。目を閉じたまま場所を語った。

その言葉を胸に刻んだ玄慈は、長月に礼をいって古葉道場をあとにした。

音崎屋敷を目指し、暗くなりつつある町を足早に歩き出す。

空腹はおろか、ふくらはぎの疲れやだるさも今はまったく感じなかった。

三

六右衛門に四半刻ばかり遅れて四谷の屋敷を出た雷蔵は、朝日を正面から浴びつつ歩きはじめた。

半刻もかからずに目当ての北町奉行所に到着し、大門をくぐった。大門内にある同心詰所に足を運んだが、鷺坂三郎はすでに見廻りに出たあとだった。

刻限からして、冬兵衛はまだ千代田《ちよだ》城に出仕前だろう。奉行所内にいるとはいえ、町奉行に面会するとなると、いくら雷蔵といえども、相当のときを取られそうだ。悪いなと思ったが、冬兵衛に断りを入れず、雷蔵は牢屋敷に直接向かった。

牢番は昨日と同じ者だった。雷蔵に気づき、あっ、と声を上げた。

「伊香さま、おはようございます」

かしこまって挨拶してきた。

「おはよう。急に済まぬが、枡吉に会えるか」

困ったように牢番が渋い顔になった。

「どうした」

「枡吉ですが、つい先ほど穿鑿《せんさく》所に連れていかれたばかりなのです」

思いもかけないことだった。

「では、今まさに吟味役同心の詮議を受けている最中か」

「さようにございます。伊香さまがいらっしゃると前もってわかっていたら、刻限をずらすこともできたのでしょうが……」

——前触れもなく来るほうが悪いのだ。

冬兵衛にいえば、詮議を切り上げさせてくれるかもしれないが、要職の北町奉行に会うまでにはときがかかるので、どうしようもない。

「詮議にはどのくらいかかる」

牢番が首を傾げ、少し考える。

「詮議の長さは一概に決まっておりませぬ。短くて一刻、長ければ四刻かかることもございます」

「四刻も……。そいつはかなりのものだな」

さてどうするか、と雷蔵は思案した。ここで枡吉が戻ってくるのを待つのは、あまりに芸がなさすぎる。

「仕方あるまい。今日は枡吉に会わずに帰ることにいたす」

「さようでございますか。まことに申し訳ないことでございます」

牢番が済まなそうに頭を下げた。

「なに、そなたが謝るようなことではない。ところで、枡吉はどんな様子だ」

「元気でいます。食事もすべて平らげています。顔色もつやつやしております」

ふふ、と雷蔵は微笑した。

「牢屋敷に入っているとは思えぬ健やかさなのだな」

これはよいことではないか、と雷蔵は思った。枡吉はまったくめげていないのだ。雷蔵に心からの信を置いているからであろう。

自分は必ず助け出されると信じ、牢を出たらすぐさま伊香屋敷で奉公できるよう、体のことを考えて、しっかり食べているにちがいなかった。

そんな枡吉が雷蔵はいじらしかった。

——その思いに必ずや応えなければならぬ。

「では、これで俺は失礼する」

枡吉のことをよくよく頼んでおいてから、雷蔵は牢屋敷を離れ、供の米造を待たせてある大門に向かった。

大門の外に、米造が所在なげに立っていた。声をかけると、びっくりしたように雷蔵のほうを向いた。

「ずいぶん早いお戻りですね」

どういうことか、委細を雷蔵は語った。

「なるほど、枡吉はいま詮議の最中でございますか」

米造が気の毒そうな顔をした。その気持ちはよくわかる。吟味方の詮議は、ことのほか厳しいことで知られているからだ。

伊香家の奉公人ということで少しは手心が加えられるかもしれないが、詮議の厳しさはほかの罪人と大差ないにちがいない。

――枡吉、がんばってくれ。

雷蔵には心中で励ますことしかできなかった。

「よし、米造、まいるとするか」

――一刻も早く枡吉を番所から出さねばならぬ。それには真の下手人を見つけ出すことしかない。よし、やるぞ。

自らに気合を入れ、雷蔵は米造を従えて歩き出した。

北町奉行所の向かいに建つ呉服橋《ごふくばし》門をくぐって呉服橋を渡る。日本橋川沿いに東へ進み、大川に架かる永代橋《えいたいばし》を通り過ぎた。

深川に入った雷蔵たちが最初に足を踏み入れたのは、深川佐賀町《さがちょう》である。すぐ右に折れ、道なりに進む。

すると、三町ほどで深川熊井町に着いた。探すまでもなく雷蔵は、勘よく一軒の口入屋の前に立っていた。

喜多八がよく出入りしていた口入屋の代松屋である。強い潮風に叩かれるように暖簾が上下に揺れていた。

その暖簾を払い、米造が、ごめん、と訪いを入れた。応えは返ってこなかったが、構わず暗い店内にずんずんと入っていく。そのあとに雷蔵も続いた。

奥に一段上がった狭い畳の間があり、帳場格子が置かれていた。行灯の明かりが、帳場格子の中に座る年老いた男を、淡く照らし出している。

六十をいくつか超えていると思える男は、ぶつぶついいながら行灯の明かりを頼りに帳面に書きつけていた。算盤《そろばん》がかたわらにある。代松屋のあるじであろう。

「済まぬが」

男に近づき、米造が声をかけた。はっとしたように男が顔を上げ、米造を見た。

「ああ、いらっしゃいませ」

帳場格子をどかし、あわてて土間に下りてくる。転ばぬようにな、と雷蔵は祈った。男の歳で転んで骨でも折ったら、下手すれば寝たきりになってしまうだろう。

「いらっしゃいませ」

米造のそばに来て、男が深く辞儀した。

「気がつかずに済みません。帳簿を付けはじめると、つい数字で頭が一杯になり、ほかのことが耳に入らなくなってしまうものですから……」

「よくあることだ」

米造の後ろから雷蔵はいった。男が、そこにいる雷蔵に気づいた。

「ああ、お二人でございましたか。手前は常《じょう》二郎《じろう》と申します。この店のあるじを務めております。どうか、お見知り置きを」

常二郎が深々と辞儀する。雷蔵は米造の前に出た。

「おぬしは常二郎というのか。俺は伊香雷蔵と申す」

えっ、と常二郎が驚きの顔になった。聞きちがったかといわんばかりに、まじまじと雷蔵を見つめてくる。

「もしや江戸の雷神さまでございますか」

「そう呼ばれていた」

なんと、といって常二郎が破顔する。

「まさかこのようなところでお目にかかれるとは、望外の喜びとしか、いいようがございません」

あまりにうれしかったのか、常二郎は笑いを通り越し、涙を流しはじめた。

「一度でよいからお目にかかりたかったのでございますよ。願っていれば、いつかはうつつのことになると申しますが、本当のことでございますなあ」

「願わねば、なにもはじまらぬのは確かだな」

「本当にうれしゅうございます。江戸の雷神さま、よくうちのような店にいらしてくださいました。心より感謝いたします。孫子の代まで自慢できます」

ふと気づいたように常二郎が雷蔵を見た。

「あの、江戸の雷神さまは、どのようなご用件で、うちにいらしたのでございますか」

常二郎は、ようやく気持ちが落ち着いてきたようだ。

「常二郎は、喜多八という男を存じておるな。喜多八について話を聞きたいのだ」

「喜多八さん……」

顎に手を当て、常二郎が考え込む。

「最近ではなく、だいぶ前にこの店を使っていたらしいのだが……」

思い出す一助になればと思い、雷蔵はいったのだが、効き目はなかったようだ。常二郎は眉根を寄せて、必死に記憶を蘇らせようとしていた。

さらに雷蔵は語を継いだ。

「喜多八は遊び人で、下っ引をしていたこともある。脅しや強請、たかりで世を渡っていたような男だ」

そこまでいった途端、ああ、と常二郎が声を上げた。

「あの喜多八さんでございますか」

あまり歓迎したくない男なのか、常二郎の顔が苦いものに変わった。

「ええ、うちには以前、よく来ていましたよ。伊香さまがおっしゃったように、ずいぶん前のことでございますが……」

「よく思い出してくれた」

「いえ、済みませんでした。ときがかかってしまい……」

「いや、思い出してくれれば十分だ」

「畏れ入ります。あの、伊香さま。なにゆえ喜多八さんのことをお聞きになりたいのでございますか」

雷蔵はなぜここまでやってくることになったか、簡潔に話した。

「えっ、喜多八さん、死んでしまったのでございますか。殺されても死なないような人だったのに……」

別になんの感慨もないようで、淡々とした口調で常二郎がいった。

「それで、真の下手人を見つけ出すために、喜多八が奉公した武家を知りたいのだ」

「わかりました。喜多八さんが奉公したお武家でございますね」

しばしの沈黙のあと、常二郎が話し出した。

「喜多八さんには、何軒かの奉公先を紹介しましたよ。もう三十年近くも前のことでございますが……」

「吾妻橋にほど近い武家を、紹介したことはないか」

枡吉が捕まった駒形堂は、吾妻橋の西岸にある。

「ええ、ございますよ。吾妻橋ですと、ここからだいぶございますが」

常二郎があっさりと答えた。

「なんという家だ」

「御旗本で、千六百石の家でございますよ。音崎さまと申します」

音崎家か、と雷蔵は思った。これまで一度も聞いたことがない。

「音崎家はどこにある」

「今は中《なか》之《の》郷竹町《ごうたけちょう》にございます」

「今は、というと、前はちがったのか」

「以前は、この近くの清住町《きよすみちょう》にございました。その後、同じ深川の常盤町《ときわちょう》のほうに移り、さらに四年ばかり前に中之郷竹町に移っていったように聞いております」

「二度も屋敷を移したのか。それはまた珍しいのではないか」

「さようにございますな。常盤町には二十年ほどおり、暮らしにも慣れていたはずなのに、また移ったというのは、大変だったのではないでしょうか」

　引っ越しなどできることならしたくない、と雷蔵は考えている。

「喜多八が音崎家に奉公したのは、三十年ばかり前のことで合っているのか」

「音崎さまのところには、二十歳くらいから中間としてご奉公に上がったはずでございます。そうですね、やはり三十年近くにはなりましょう。居心地がよかったのか、それから何年もご奉公しましたね」

　喜多八は、と雷蔵は考えた。音崎家を強請ろうとしていたのだろうか。

「音崎家だが、あるじはなんという」

「力五郎さまとおっしゃいます」

「歳は」

「まだ四十にはなっていないと存じます。三十八か九ではないかと……」

「なにか役目には就いておるのか」

常二郎がかぶりを振る。

「小普請組のはずでございます」

無役なのか、と雷蔵は思った。

「力五郎という当主が役目に就いておらぬのには、なにかわけがあるのか」

「お家になにか問題があるとは、聞いたことはございません。ただ運が悪いだけではないでしょうか」

そうか、と雷蔵はいった。

「力五郎どのの評判は」

「手前は何度かお目にかかったことがございますが、温厚で人当たりもよく、よいお殿さまでございますよ」

「力五郎どのに、よからぬ噂はないか」

喜多八が力五郎を強請ろうとしていたのか定かではないが、これまで弱みがある者を強請ってきたのはまちがいないことだ。

もし喜多八が力五郎を強請の標的にしていたのなら、力五郎はなにかしてはならぬことをしているはずなのだ。

「いえ、手前は悪い噂など一度も聞いたことがございません」

別に、力五郎のことをかばっているわけでもなさそうだ。

一度もないか、と雷蔵はつぶやいた。

「力五郎どのではなく、音崎家のほかの者はどうだ。奥方や子息、家臣によくない評判はないか」

「奥方はとてもお優しいお方でございますが、噂によれば、今は臥せっておられるようでございます。なんの病かは存じませんが」

「奥方がな……」

「ご夫婦にご子息はいらっしゃいません。ご家臣はお殿さまに忠誠を誓っておられる方ばかりで、やはり悪い評判は聞いたことがございません」

「そうなのか……」

ああ、と不意に常二郎が声を上げた。

「そういえば、だいぶ昔のことではございますが――」

なにか思い出したらしく、常二郎が語りはじめる。

「今のお殿さまではなくご先代のことなのでございますが、二十五年ばかり前、ご自分の奥方さまを斬り殺したという一件がございました」

それはまた凄《すさ》まじいな、と雷蔵は衝撃を受けた。いったいなにがあれば、そんなことになってしまうのか。

「なにゆえそのような仕儀に」

「どうやら奥方さまが不義をはたらき、ご先代が激怒して、一刀のもとに斬り殺したということでございます」

「不義のせいでな。まことに奥方は不義をはたらいていたのか」

はい、と常二郎がうなずいた。

「どうやら本当のことであったようで、音崎家にはなんのお咎めもございませんでした。ただし、その一年後に清住町から常盤町に屋敷を移しました。その一件と、なにか関係があったのかもしれません」

「なるほど、そうか」

雷蔵は相槌を打った。

「先代が奥方を斬り殺した一件は、よく知られたことなのか」

「ええ、音崎家では公にしたくなかったようでございますが、ご家臣だけでなく奉公人もいる前でのことでしたから、口をふさぐのも難しかったようで、多くの者が知るところになりましてございます」

二十五年ほど前の話であるし、大勢が知っているのであれば、この奥方の一件は喜多八の強請の種にはならないだろう。

「当時、今の当主の力五郎どのは十三か十四くらいだな。感じやすく傷つきやすい年頃だ」

「さようにございますな。難しい時期に、悲惨な出来事があったのでございますなあ」

――この一件で力五郎という当主の性格が歪んだということはあるかもしれぬが、それは喜多八の強請と関係あるのか……。

音崎家のことを調べてみるか、と雷蔵は決意した。それにはどうすればよいか。

一人の人物が脳裏に浮かんだ。

――うむ、五兵衛《ごへえ》に話を聞くのがよかろう。

常二郎に感謝の言葉を述べ、雷蔵は代松屋を出ようとした。

伊香さま、と常二郎が声をかけてきた。足を止め、雷蔵は振り返った。

「お目にかかれた上に、お話ができて、とてもうれしゅうございました」

「常二郎、快く話してくれたな。おぬしのことは決して忘れぬ」

「ありがとうございます。またいつか寄ってくださいませ」

「必ずそうしよう」

力強く約束した雷蔵は米造とともに代松屋をあとにし、道を西へ取った。

「殿、今からどちらへいらっしゃるのでございますか」

「田仁志屋《たにしや》だ」

五兵衛というのは、伊香家の近所にある書物問屋のあるじだ。読みたくなるような本が入っていないか、雷蔵はよく足を運ぶ。おもしろそうな本を紹介してもらうこともあり、五兵衛とは馴染みである。

深川熊井町から一刻半ほどかかって、雷蔵たちは四谷に戻ってきた。

通い慣れた道を進み、田仁志屋の暖簾をくぐった。書物のにおいを嗅ぎながら雷蔵は奥に向かった。店は鰻《うなぎ》の寝床のように細長い造りである。

店の一番奥に五兵衛はいた。小上がりに座し、眼鏡《めがね》をかけて書物を熱心に読んでいる。五兵衛のかたわらには山のように書物が積んであり、それが崩れたら命に関わるぞ、と雷蔵が注意しているにもかかわらず、その山が消えたことは一度もない。

「五兵衛」

呼ぶと、五兵衛が顔を上げた。眼鏡を外し、立ち上がる。

「伊香さま、よくいらしてくださいました。おもしろい本が入っていますよ」

雷蔵に寄ってきて、五兵衛がほくほく顔でいった。

「五兵衛、おもしろい本はありがたいが、今日はよい。そなたにききたいことがあって、まいったのだ」

「ほう、手前にききたいことでございますか。どんなことでございましょう」

五兵衛が真剣な眼差しを向けてくる。

「おぬしは、前に武鑑《ぶかん》の版元にいたといっておったな」

武鑑とは大名や旗本の当主の名や役職、居城、石高、家紋、正室、嫡男、家臣、屋敷地など、ありとあらゆることが記された書物である。商人が大名家や旗本家と商売するために必要となって刊行に至った書物だが、今では江戸に観光にやってくる者たちの案内書の役目も果たしている。

「はい、確かに。もうだいぶ前に辞めてしまいましたが」

武鑑を刊行する書物問屋を辞め、五兵衛は田仁志屋をはじめたのだ。

「ききたいのは、さる旗本についてだ」

「御旗本のどなたさまのことでございますか」

「音崎家だ」

「音崎家でございますか」

五兵衛は造作もなく思い出したようだ。

「伊香さま。もしや、二十数年前の一件についてお知りになりたいのでございますか」

さすがだな、と雷蔵は感心した。そこまで知っているのだ。

「いや、その一件は俺もすでに聞いた。不義をはたらいた奥方を先代が斬り殺したということまでは、存じておる」

「ああ、さようにございますか。その一件に新たに付け加えるようなことは、なにもございませんよ」

うむ、と雷蔵は顎を引いた。

「俺が知りたいのは、当主の力五郎という人物のことだ」

「ご当主についてでございますか。記憶だけではどうにもなりませんな。ちと失礼いたします」

頭を下げて五兵衛が奥に引っ込んだ。すぐに一冊の書物を抱えて戻ってきた。武鑑のようだ。

「武鑑の版元に勤めていたといっても、大名家や旗本家に関して、すでに記憶はほとんどございません。こういうときは、書物に頼るのが一番でございます。これは、今年出た旗本武鑑でございますよ。さて、音崎家でございましたな」

　小上がりに端座して、五兵衛が頁を繰りはじめた。

「――ああ、ございました」

「どれどれ」

　雷蔵に読みやすくなるように、五兵衛が武鑑を持ち上げてくれた。

「かたじけない」

　雷蔵は武鑑に目を落とした。

　今の当主は力五郎、三十八歳。小普請組。屋敷の場所は中之郷竹町。

　力五郎は二十二歳で音崎家の家督を継ぎ、二十四歳で妻を迎えた。妻は千二百三十石をいただく旗本洲島《すじま》家の出で、名は寿代《ひさよ》。歳は三十三。

　力五郎が三十歳のときに、父の力右衛門がこの世を去った。夫婦に子はない。

「よし、すべて読んだ。もうよい」

　点頭して五兵衛が武鑑を閉じ、小上がりに置いた。

「厚い本だ。重かっただろう」

「いえ、大したことはございませんよ」

　笑顔で首を横に振り、五兵衛が身じろぎした。五兵衛の足が触れたか、書物の山がいきなり雪崩《なだれ》を起こした。

　それを見た雷蔵は咄嗟に五兵衛の手を引いた。どさどさどさ、と激しい音を立てて厚い書物が雪崩《なだ》れ落ちてきたが、雷蔵が手を引いたおかげで、五兵衛は難を逃れたようだ。頭に一冊の書物が軽く当たった程度である。

「大丈夫か、怪我はないか」

　それでも一応はきいた。

「怪我はございません。ああ、びっくりした」

　恐怖を覚えたのか、少し青い顔をして五兵衛は胸を押さえている。

「伊香さまのおかげで、命拾いをいたしましたよ」

「これに懲りて、書物の山はなんとかすることだ」

「そういたします」

　殊勝な顔で五兵衛が諾《うべな》った。そういえば、と声を上げる。

「どうした」

「いま思い出しましたが、音崎力五郎さまは、お母上が力右衛門さまに斬られたとき、すぐそばにいたそうでございましてな」

「おお、そうなのか」

はい、といって五兵衛が言葉を続ける。

「そのために、お母上の血を頭から浴びたという噂がございましたよ。そのときの力五郎さまは、いったいどんな心持ちだったのでございましょうな」

まったくだ、と雷蔵は思った。

——俺なら気がおかしくなったかもしれぬ。

もしかすると、と雷蔵は思った。力五郎もどこか精神《こころ》がおかしくなったのではないのか。

それで、悪事に手を染めたということはないのか。

「力五郎どのが、強請られるような悪行をはたらいたことはないか」

雷蔵にきかれてしばらく考えていたが、やがて五兵衛は首を横に振った。

「さて、聞いたことはございませんなあ」

そうか、と雷蔵はいった。力五郎のことは、かなり気になる。だが、喜多八が強請ろうとした相手とまでは断言できぬ。

——とにかく、まだ調べが足りぬようだ。

少し手詰まり気味だな、と雷蔵は思った。

——もう少し喜多八のことを調べるほうがよいのか。

とりあえずそうしてみよう、と雷蔵は決意した。

第四章

一

細かく砕いた氷の粒を一杯に貼りつけたような夜空の下、杖《つえ》をついた按摩が笛を吹きつつ通り過ぎていく。星明かりを受けて、坊主頭が白いつやを帯びていた。

——いま腰を揉んでもらったら、さぞ気持ちよかろう。

玄慈は、音崎屋敷の塀の上に腹ばいになっている。すでに二刻以上も同じ姿勢を取っているため、腰のあたりがうずくように痛くなってきていた。

按摩の笛の音が遠ざかり、やがて消えていった。それに代わって聞こえはじめたのは、夜鳴き蕎麦屋の呼子《よぶこ》である。

その音色を耳にした途端、強烈な空腹を覚えた。

——いま温かな蕎麦切りを食べられたら、どんなに幸せだろう。

熱い蕎麦切りをずるずるとすすり上げるさまを想像し、唾が湧き出てきた。

——探索を進ませてくれた恩人の森吉さんは、今宵も商売に出ているのであろうな。森吉さんの蕎麦切りを食べに行きたいものだ。

夕刻、神田にある古葉道場を出たときは、どこかで腹ごしらえをするつもりでいた。だが、寂しそうな子供たちの顔が脳裏をよぎり、玄慈はいったん帆縷寺に戻った。

いつもよりだいぶ遅くなったが、子供たちと和やかな夕餉をとった。その後、皆が眠ったのを確かめてから帆縷寺を出て、東へ向かった。吾妻橋を渡り、ここ中之郷竹町へやってきたのである。

帆縷寺で夕餉をたっぷりとったとはいえ、こうして夜半の九つ近くまで起きていれば、腹が減ってくるのは当然のことである。

しかし、今は我慢するしかない。夜鳴き蕎麦を食べに行っている場合ではない。

——音崎力五郎のことを、雷蔵さんに知らせたほうがよかっただろうか。

空腹を紛らわすために、玄慈はそんなことを考えた。

——しかし俺は、おようの無念を晴らしたいと思って動いている。よりよい江戸をつくりたいと考えている雷蔵さんを、私事に巻き込んでよいものなのか。

よいわけがない。音崎屋敷にやってくるとき、それゆえ玄慈は伊香屋敷に足を向けなかったのである。

——しかし、こたびの一件は私事とはいえないのではないか。

そのとき一筋の流れ星が、すーっと南のほうへ落ちていくのが見えた。玄慈は一瞬、その美しさに目を奪われた。

——なんといっても、音崎力五郎は、四人の娘を殺した下手人かもしれんのだ。江戸の平安をかき乱した男を、捕らえようというのは私事ではなかろう。

俺は、と玄慈は気づいた。力五郎を捕らえようとしているのか。

果たしてそれだけで済むのか。動かぬ証拠を握ったとき、この手で力五郎を殺してやろうとは思わないのか。

おようの骸を目の当たりにしたときは、下手人を必ず殺してやると誓ったが、探索を続けるうち、さすがに熱は徐々に冷めてきている。

おようのことを思い出すたびに怒りがたぎり、下手人をくびり殺してやりたいと思うものの、実際にそこまではしないのではないだろうか。

——いや、どうなのか。おのれを抑えられるかどうかにかかっていよう……。

だが今、仮のことを考えたところで、しようがない。なんといっても、力五郎が下手人であるという証拠は一切ないのだ。夜鳴き蕎麦屋の森吉がいった、左肩が落ちた侍に力五郎の特徴が当てはまるに過ぎない。

森吉が目にしたのがもし力五郎だったとしても、おようが殺された晩に、たまたま一人で近くを通りかかっただけかもしれないのだ。

――まずは、動かぬ証拠をつかむことだ。そこまでやれば、きっと雷蔵さんが力五郎を退治してくれよう。俺は力五郎退治の力添えができればよい。

動かぬ証拠か、と玄慈は思案した。力五郎は証拠を残しているだろうか。

おようたちを手にかけた下手人なら、その記念に、手記のようなものを残しているかもしれない。殺した娘に死化粧を施すなど、下手人は明らかに精神を病んでいる。

下手人にとって娘たちは獲物だったにちがいない。殺したときの獲物の様子を、書き記したいと思うのではないか。

――いや、おようたちが獲物だったのなら、手記ではなく、別のものを残してあるかもしれん。

下手人がおようたちを手にかけたとき、思い出の品として残すため、骸からなにかを奪っていっていないだろうか。

戦利品ともいうべき物である。心の尋常さを失っている者なら、そのくらいのことをしても、なんら不思議はない。

もしこの屋敷におようの物が置いてあれば、それこそ動かぬ証拠となる。

奉公先の薩田屋の葬儀の際、おようが身につけていた形見の品を見せてもらった。狸《たぬき》の根付、簪《かんざし》や財布、櫛《くし》、携帯できる裁縫道具、匂い袋、矢立、小さな帳面などだ。狸の根付は、薩田屋に奉公が決まったときに玄慈があげた物である。どういうわけか、おようは狸が好きで、その手の物をよく集めていた。

――ほかにおようが持っていた物で、あのときになかった物はないか。

あっ、と玄慈は思い出した。

――手鏡だ。

その手鏡は、三月前、おようと久しぶりに会ったとき、玄慈が贈った物だ。鏡の裏面が真鍮《しんちゅう》でできており、そこに愛らしい狸の姿が彫り込まれていた。狸の彫物に手抜きは一切感じられず、細部に至るまできっちりとした仕上がりだった。装飾もしっかりつくり込まれており、手鏡自体の美しさも際立っていた。

小間物屋でその手鏡を手に取ったとき、玄慈は一目で素晴らしいものだと感銘を受け、きっとおようも気に入るだろうと、購入したのである。

小間物屋の奉公人によれば、同じ物は二つとつくらない、こだわりの職人の手による一品とのことだった。

手鏡を渡したとき、おようは顔をくしゃくしゃにして喜んだ。一生大事にするともいった。あの手鏡を、おようは肌見離さず持ち歩いていただろう。

――おそらく下手人に襲われたときも、身につけていたはずだ。

もしあの手鏡がこの屋敷にあれば、それこそ動かぬ証拠となろう。

――確か、あの手鏡には職人の名も刻まれていたはずだ。

なんという職人だったか。珍しい名だったような覚えがある。

――魚の名がついていたような気がするのだが……。

うなるような気持ちで考えた。不意にひらめくものがあった。

尾鯛参平《おだいさんぺい》だ。手鏡の裏にそう刻まれていた。

玄慈がその名を思い出した瞬間、星空を震わせるように深夜九つの鐘が響いてきた。存外に大きな音で、大気が震えた。

空から星が、はがれ落ちてしまいそうだ。その証左なのか、またも流れ星が一つ、今度は西の空に落ちていった。

――よし、頃おいだ。これ以上、塀の上にいても仕方ない。今は動くことこそ肝心だ。

玄慈は懐に手を入れ、そこに大事にしまってある雷神の根付に触れた。この根付に触ると、どういうわけか気分が落ち着く。まるで雷蔵と一緒にいるかのような安心感に包まれるのである。

草鞋《わらじ》の紐《ひも》を結び直す。もし力五郎に見つかって逃げ出さなければならなくなったとき、草鞋を履いていれば足の裏を切ることもなく、安全なのだ。

――よし、行くぞ。

塀を下り、音もなく着地した。

――必ず証拠をつかんでやる。

強い思いを胸に、玄慈は大木の陰に身を寄せ、あたりの気配を探った。屋敷内はどこもかしこも静かなものだ。

千六百石の旗本なら、家臣だけでなく下働きの者も多く抱えているだろうが、人が発する物音はなに一つ聞こえてこない。この刻限だけに、起きている者は宿直《とのい》の者以外、誰もいないのだろう。

今夜は風も吹いていない。ただひたすらしんしんと冷えていく。寒さに強い玄慈には、過ごしやすいくらいである。

大木の陰を離れ、母屋に近づいた。庇《ひさし》に向かって素早く跳躍する。

庇に手が届くや、思い切り体をひねった。勢いがついた体は次の瞬間、庇の上へ届いていた。

庇に足をつけた玄慈はさっと腹ばい、あたりの気配をうかがった。誰も気づいた者がいないと覚るや立ち上がり、屋根に上がった。

三枚の瓦を外し、その下に敷いてある板を、力を入れて剝《は》いだ。むろん、音が立たないように細心の注意を払う。

やがて、人が一人ならくぐれるだけの穴が開き、玄慈は天井裏に入り込んだ。星明かりが届かなくなったためにひどく暗いが、日頃の鍛錬の甲斐あって、夜目が利くからなんの問題もない。

ひどいかび臭さが鼻をついた。息を止めたくなるほどだったが、構わず梁《はり》の上に乗った。手を伸ばして、真下の天井板を一枚、わずかにずらした。

眼下に座敷が見えた。無人のようだが、いきなり飛び下りるような真似はしない。身動き一つせず、しばらく屋敷内の気配を探った。

――誰も来んな。

玄慈がここにいることに気づいた者は、一人もいないのだ。行くぞ、と自らに気合をかけて座敷に下り立った。

力五郎の寝所はどこなのか。もしくは居間はどこにあるのか。

そこに、おようの手鏡が隠されているのではないか。

——必ず見つけ出してやる。

人の気配はないか、と全身の感覚を針のように鋭くそばだてた。気配があれば、そこには宿直がいるはずだ。宿直が寝ずの番をしている部屋が、力五郎の寝所であろう。

千六百石の旗本なら、屋敷は表と奥に分かれている。表は仕事をするためにあり、奥は家族と過ごすためにあるから、当然のことながら寝所は奥だ。

眠っているはずとはいえ、遣い手の寝所に入るのは、さすがに恐ろしい。悪徳両替商の三笠屋に忍び込んだときの恐怖が蘇る。

——安斎さんに斬りかかられて、よく生きていられたものだ。

力五郎が遣い手だといっても、さすがに六右衛門には及ばないのではないか。

畳の上を歩き、襖をそっと開けた。廊下に出た玄慈は気配を押し殺しつつ、屋敷の奥へそろそろと進んでいった。

屋敷を表と奥に隔てている渡り廊下があった。そこに、番をする者の姿はなかった。

扉にがっちりとした錠がかかっている。玄慈は腕利きの盗賊だった。この程度の錠が開けられないのなら、匠小僧という異名で呼ばれるはずがない。

懐から、獣の皮でできた小袋を取り出した。その中から、一本の針をつまみ出す。

針の先端が鉤《かぎ》のようになっており、これさえあれば、開けられない錠はないといっても過言でない。

鍵穴に針を差し込み、慎重に左右に動かしていく。すぐにかちゃりと音が鳴った。

――よし。

扉から錠を外し、かたわらに置いた。扉を開け、中に入る。そこは、かなり長い廊下になっていた。

扉を閉め、廊下を歩きはじめた。力五郎の寝所はどこなのか。玄慈は気配を探りながら進んでいった。

最初の角に来たとき、かすかに寝息が聞こえてきた。角に立ち、柱の陰から先をうかがい見ると、行灯が灯っている廊下に、宿直らしい二人の侍が座っていた。

火鉢のかたわらで、一人の侍が眠っているようだ。寝息の主は、あの侍だろう。もう一人の侍は目を開けているのだが、眠っている侍を起こしそうになかった。

その様子を見て玄慈は、おそらく、と思った。あの二人の宿直は、交替で眠っているのではないか。

あらかじめ決めてある刻限が来たら、目を覚ましている一人がもう一人を起こし、火鉢を引き寄せて寝るのではないだろうか。起こされたほうは、この寒さの中、一人で寝ずの番をはじめるという寸法だ。

さてどうするか、と玄慈は心中で首を傾げた。いくら一人が寝ているとはいえ、二人を相手にするのはきつい。

寝ているほうも、眠りが深いとはいえないだろう。玄慈が、起きている侍を気絶させたとしても、かすかな物音を耳にしただけで目覚めるはずだ。

もしそのとき声を上げられたら、それでしまいだ。逃げるしかなくなる。

どうやら力五郎が眠っているはずの寝所を、正面から攻めるのは、あきらめるしかないようだ。

——ならば、天井裏から攻めるか。

玄慈は廊下を戻り、目についた襖に手をかけ、中の気配を探ってから開けた。

無人の座敷である。座敷に入るや跳躍し、左手で天井に取りついた。

右手で天井板を開け、天井裏にするりと入り込む。天井板を元に戻してから、天井裏を進み、力五郎の寝所を目指す。

寝所の上まで来たところで、天井板をずらした。盛り上がった布団が見える。

頭を枕にのせて、一人の男が寝ていた。あれが音崎力五郎だろう。かすかに寝息が聞こえ、よく眠っているように見えた。

忍び込むかと決意しかけたが、寝所が意外と狭いことに気づいた。

六畳間でしかない。その真ん中に力五郎が横になっている。

飛び下りたときに足音がまったく立たなかったとしても、気配だけで気づかれそうだ。

——ここは危うい真似はせずともよい。

隣の居間から行くことにしよう、と玄慈は決め、再び天井裏を移動した。

居間とおぼしき部屋の天井板を少し開け、下を見た。文机や用簞笥《ようだんす》、本棚などが置いてあるのが知れた。

人はいない。玄慈は天井板を広く開け、畳に飛び下りた。音はまったく立たなかった。

よし、と思ったが、油断はできない。隣室に力五郎がいるのだ。

耳を澄まし、もし力五郎が起き出した物音が聞こえたら、すぐに逃げ出せるような低い姿勢を取った。しかし、襖越しに届いてきている寝息に変わりはなかった。

——気づかれてはおらん。

腰を伸ばし、玄慈は用簞笥に近づいた。もし戦利品がしまわれているとしたら、ここではないだろうか。

六つの引出しがついている簞笥だ。玄慈は下から順に引出しを開けていった。こうすれば、調べた引出しを閉める必要がない。

下から三段目の引出しに簪が一つ、ぽつんと置かれていた。なんだこれは、と思ったが、もしや、と覚った。少なくとも、病で臥せっているという奥方の物ではなさそうだ。奥方は、この手の物は、自分の箪笥にしまっているはずだ。

この簪は、殺した娘から奪った物ではないのか。玄慈の胸が急激に高鳴った。

次の引出しには櫛がおさまっていた。その上の引出しには根付があった。

——やはりこれらは力五郎が娘たちから奪った思い出の品だ。

ならば、次の引出しにはおようの手鏡が置かれているはずだ。気持ちの高ぶりを抑え込んで、玄慈は一番上の引出しを開けた。

あっ、と声が出そうになった。本当に手鏡があったのだ。

震える手で手鏡を持ち、裏返してみた。狸の彫物が目に入る。作者の銘を確かめた。尾鯛参平とあった。

——まちがいない。

案の定、音崎力五郎こそが、おようたち四人の娘を殺した下手人なのだ。

——この手鏡を持ち帰り、証拠として雷蔵さんに見せよう。さすれば、雷蔵さんが力五郎を退治してくれるはずだ。

懐に手鏡をしまい入れたとき、横の襖がいきなり開いた。はっとして見ると、寝間着姿の力五郎が立っていた。すでに抜き身を手にしている。

――引出しを開ける音で気づかれたか。

「なにやつ」

憤怒の顔で怒鳴りつけてきた。

「覚悟せいっ」

怒号し、玄慈に斬りかかってきた。左肩が落ちているせいか、刀の出どころがよく見えなかった。

――古葉道場の師範代がいっていた通りだ。

まずい、と思って玄慈は横に跳ね跳んだ。一撃目はそれでかわせたが、二撃目がすぐにやってきた。

その斬撃をよけようとして体をひねったとき、手鏡が懐から落ち、畳を転がった。あっ、と声を上げた玄慈はそれを拾おうとして、しゃがみ込んだ。

手鏡に手が届きかけたとき、狙い澄ましたらしい袈裟懸けで力五郎が斬りかかってきた。手鏡はあきらめるしかなかった。玄慈は瞬時に身を翻したが、刀のほうが早かった。背中に焼けつくような痛みが走った。

――斬られちまった。

　だが、まだ動ける。浅傷《あさで》とは思えなかったが、命をすぐに奪われるほどの深傷《ふかで》でもないのだろう。ただ、出血はひどいようだ。だっと畳を蹴り、玄慈は隣の襖に体ごと突っ込んだ。

　ばりばりと音を立て、襖が倒れる。それをひらりと乗り越え、さらに一気に座敷を突っ切った。

　体がひどく重くなっていた。眼前に腰高障子が見えた。

　それにも体当たりを食らわせたが、足がなにかに引っかかり、玄慈は倒れそうになった。手をついて、かろうじてこらえる。

「死ねっ」

　背後に力五郎が迫っていた。すでに刀を振り下ろしている。

　咄嗟に横に動いて、玄慈は斬撃をぎりぎりでかわした。立ち上がり、走り出す。

　冷たい大気に包み込まれていることに気づいた。いつしか庭に出ていた。

――こんなにたやすく庭に出られるなら、端《はな》から庭より忍び込むべきだったな。

　逃げながらそんなことを思った。

　息がひどく荒い。足が棒のように動かなくなってきた。今も傷口から血は流れ続けているだろう。

――まずいぞ、これは。どこかで血止めをしなければ、死んでしまう。

なんとなくだが、意識も薄れてきた。一瞬、眠りに誘われるようなときがあるのだ。

力五郎は追いすがってきている。背後を見ずとも、殺気の強さで知れた。

ようやく塀が近づいてきた。玄慈は塀を飛び越えるつもりでいたが、実際にはほとんど跳躍できなかった。

なんとか右手が塀の上にかかっただけだ。背中を斬られたせいか、左手は上がりそうもなかった。

無言の気合とともに、力五郎が斬りかかってきたのがわかった。風を切る音などまったくしなかったが、刀が迫っているのを肌が感じ取った。

斬られる前になんとか体を持ち上げ、塀の上に腹ばいになった玄慈は、飛び下りるのではなく、そのまま外側に落ちていった。どすん、と音が立ち、背中がずきりと痛んだ。

この痛みが、斬られたせいなのか、地面に落ちたせいなのか、玄慈には判断がつかなかった。

このまま横になっていたかったが、そんなことをすれば、いずれここにやってくるはずの力五郎に斬られてしまうだろう。力五郎は、玄慈を盗賊として退治したことにして、目付に届け出るにちがいない。

――そんなのは御免こうむる。

すべての力を右腕に集めて立ち上がり、玄慈は道を走り出した。――つもりだったが、実際には、よろめきつつ歩いているに過ぎなかった。

行く手から人の気配がし、玄慈は目を投げた。長屋門のくぐり戸が開き、わらわらと人が飛び出してきたのが見えた。

音崎家の家臣たちだろう。何人かが提灯を手にしている。

どのあたりで玄慈が塀を越えたか、力五郎から教えられているらしく、家臣たちがこちらに走ってきた。

――まずいな。

すぐさま玄慈は道からそれた。灌木《かんぼく》をかき分けるようにして進むと、風がいきなり通るのを感じた。

目の前に河岸らしいものがあった。その向こうでは、黒々とした水がゆったりと流れていた。大川である。

背後で提灯の光が交錯している。ここでじっとしていれば、いずれ見つかってしまう。

しかし、血止めだけはしておかなければならない。このまま水に飛び込めば、体中の血をすべて失ってしまうだろう。

作務衣の袖を二つとも裂き、結んで一本の紐のようにした。血が出ているところにそれを当ててから、肩に回してがっちりと縛りつけた。

あまりの痛みに悲鳴を上げそうになったが、なんとか気持ちで抑え込んだ。この程度の処置で出血が抑えられるか、心許ないものがあったが、これ以上はなにもできない。

二つの提灯がこちらにやってくるのが目に入った。行くしかない。玄慈は腹を決めた。音が立つのを嫌い、静かに体を水に沈めていった。

傷に水が強烈にしみた。その上、水はまるで氷水のように冷たい。またしても声が出そうになった。出血で死ぬのではなく、凍え死にしてしまうのではないかと思えるくらいである。

それでも身を浸しているうちに、水の冷たさに慣れてきた。寒風に吹かれるより暖かいのではないか。

今は血が止まっているようだが、油断はできない。いつまた出血するか、わかったものではない。

だが、すぐに死んでしまうようなことはないとわかり、少しだけ気持ちが落ち着いた。

――しかし、しくじったな。

流れに身を任せて玄慈は思った。油断があった。手鏡を見つけて気も緩んでいたのだろう。

三笠屋では六右衛門の斬撃をよけられたのに、それよりずっと鈍いはずの斬撃をかわせなかった。

——必死さが足りなかった。力五郎をなめていたのだ。

後悔したが、今さら遅い。とにかく、と玄慈は思った。どこかで岸に泳ぎ着かなければならない。だが体にはまったく力が入らない。

こいつはまずいぞ、と思いながら懸命に水をかくうちに意識が遠くなった。同時にひどい眠気が襲ってきた。

——本当にまずいぞ。

必死に眠気をはねのけようとしたが、玄慈はついに抗えなくなった。

それでも必死に懐に右手を入れる。雷蔵からもらった根付に触れた。それをぎゅっと握り締める。

「雷蔵さん」

この言葉を最後に気を失い、玄慈はただ流されていくだけになった。

二

降るような星空の下、なにか大物がとれないものか、と願いつつ漁師の信作《しんさく》は舟に乗り、投網《とあみ》を何度も打っていた。

今日はこれまで、ほとんどなにもとれなかった。だが、今度はちがった。

――おっ、なにか入ったぞ。

網にいきなり、とんでもない重みを感じたのだ。

――こいつは大物だ。

胸を膨らませて網を引いてみたが、あまりに重すぎて舟に上がらない。船首に吊《つ》るした提灯で照らしてみると、人の手が網にひっかかっているのが見えた。

――なんと、土左衛門《どざえもん》かい。

死んでいるのは男のようだ。坊主頭にしている。作務衣を着ていたが、両袖がなぜかなかった。

左の肩のあたりが晒《さら》しを巻くように布で縛ってあった。血をたっぷりと吸っているらしく、濃いしみをつくっていた。

——なるほど、作務衣の袖を破り、自分で傷に巻いたんだな。この男は、この傷が元で死んでしまったんだ……。

話には聞いていたものの、信作が土左衛門を引き上げたのは、初めてのことだ。暗澹《あんたん》とし、舟の上でしばらくなにもする気が起きず、ただ突っ立っていた。

——まったくやれやれだな。

信作はようやく気を取り直した。土左衛門を網から外したら、このまま川に流してしまうつもりでいる。そのほうが、後腐れがない。

網から外そうとして、土左衛門に手を触れた。やはり死骸らしく冷え切っている。

「南無阿弥陀仏《なむあみだぶつ》」

成仏しておくんなせえよ、と祈ったとき、信作はかすかなうめき声を聞いたように思った。

——風だろう。なにかの聞きちがいだ。

「南無阿弥陀仏」

もう一度唱えて両手を合わせてから、土左衛門を流れに放とうとした。そのとき、またしてもうめき声を聞いた。

今度は聞きちがいなどではなかった。はっきりと耳に届いていた。

——まさか土左衛門じゃないのかい。

全身に力を込めて、男の体を舟に引き上げた。人の体というのは、なんと重たいものなのか。

信作は疲れ切り、ぜいぜいと荒い呼吸を繰り返した。

三十前後と思える男は、苦しげにうめいていた。

「うわ、本当に生きてる」

これだけの傷を負って、まだ息がある。この男は生きる力にあふれているのだろう。大したものだ、と信作は感心した。

——よし、その強さに免じてお医者に連れていってやろう。

だからといって、助かるかどうかは定かではなかった。

舟を岸につけ、信作は男を肩に担ぎ上げた。

——しかしこの人は重たいな。背は高くないけど、筋肉の塊みたいな人なんだろう。

信作は馴染みにしている医者の篤伸《とくしん》の医療所に男を担ぎ込んだ。

篤伸は寝ていたようだが、急患には慣れており、火鉢の炭火を熾して部屋を暖めてから手当にかかった。

「これはまたひどい傷だの。刀傷だ」

　篤伸が断言した。信作は仰天した。

「じゃあ、誰かに斬られたってことかい」

「そうだろうな。自分で血止めの帯をつくって傷に巻き、それから大川に飛び込んで難を逃れたんだろう」

　篤伸は焼酎《しょうちゅう》の入った壺《つぼ》を逆さにした。壺の口を親指で押さえつつ、焼酎を傷口に手際よく振りかけていく。

　その上で、傷を縫いはじめた。見ている信作が痛くなるくらいだったが、そのあいだも男は目を覚まさなかった。ただ、ひたすらうめいていた。

　傷を縫い終えた篤伸が傷口にたっぷりと軟膏《なんこう》を塗り、男の肩に白い晒しを巻いた。

「これでよし」

　満足げに篤伸が息をつき、手の甲で額の汗を拭った。

「この人、助かるのかい」

　担ぎ込んだ男のことだけに、信作はさすがに気にかかっている。

「さあて、どうかな」

　難しい顔で篤伸が首を傾げる。

「とにかく出血がひどいからな。ただ、この男は生きようとする力が人より強いようだ。

滅多なことでは、くたばらんような気もするが、どうだろうかな……」

寝床に横たえられてからも、男はなおもうめいていた。

「おや、なにやら人の名を呼んでいるような気がするぞ」

篤伸が訝しげに男の顔に耳を近づける。信作も同じことをした。

「らいぞうさん、といっているのかな」

「わしにもそう聞こえる」

雷蔵さんか、と信作は思った。その名を持つ者で、信作が知っているのはただの一人である。

「そうだ。信作、この男はこんな物を握り締めていたぞ」

手当している最中に、篤伸はそのことに気づいたのだそうだ。信作に渡されたのは、雷神の根付だった。

「雷神か。これはずいぶん出来のいい根付のように見えるよ」

ほう、と篤伸が吐息を漏らした。

「信作もずいぶん違いがわかるようになったものだ。それは相当よい物だな。一品としかいいようがない」

「金持ちじゃないと買えない物ってことかい」

「そういうことだな」

男を見つめて篤伸が首をひねる。

「雷蔵さんに雷神か……。これから導き出される人は、ただ一人だな」

「江戸の雷神だね」

「そうだ。この人は、江戸の雷神の知り合いかもしれんな」

腕組みをして篤伸がつぶやいた。

「だったら江戸の雷神に、この人のことを知らせたほうがよいかな」

「そうするのが親切だろう」

「わかった、今から行ってくる」

信作は勇んで立ち上がろうとした。

「待て」

声を上げて篤伸が押しとどめる。

「えっ、なぜだい」

「明日の朝、うちから使いを出す。その頃には、この男の容体もはっきりしているだろう」

明け方には生きるのが決まっているかもしれないが、逆に冷たくなっているかもしれないということだ。

「いま江戸の雷神が来たところで、できることはなにもない。屋敷に引き取ろうなどと言い出されたら、この男はまちがいなく死んでしまう。明日の朝なら、よそに移してもよい容体になっているかもしれん」

　医者らしい言葉を篤伸が口にした。

「ふーん、そういうものか。篤伸先生は、江戸の雷神のお屋敷がどこにあるか、知っているのかい」

「ああ、存じている」

　篤伸が深くうなずいた。

「江戸の雷神のお屋敷は四谷にあるはずだ」

「ああ、四谷だったのか」

「なんだ、信作はそれも知らんで、行こうとしていたのか」

　篤伸が呆《あき》れたような顔をする。

「正直いえば、四谷のどこに江戸の雷神の屋敷があるか、わしは知らん。しかし四谷まで行き、界隈に住む者にきけば、お屋敷をきっと教えてくれよう。四谷に住む者で、江戸の雷神のお屋敷を知らない者はいないだろうからな」

「なるほど、ちげえねえ」

感心して信作は大きな相槌を打った。

三

もう七つ刻だな、と六右衛門は思い、目を開けた。壁から背中を引き剝がす。眠りは浅いが、気分はすっきりしている。これなら体は自在に動くだろう。

不意に時の鐘が響きはじめた。

お宣は隣の部屋で、母親と一緒に寝ている。おそらく、母子ともども熟睡はできていないだろう。

向かいの壁に背中を預け、太門が眠っていた。よく眠っているように見える。

――あのような恰好で寝るのは慣れておらぬであろうに、熟睡しているのだな。

これも若さゆえなのだろう。微笑ましく思ったが、すぐに六右衛門は、むっ、と顔を引き締めた。

はっ、としたように太門が目を開けた。同じように気配を感じ取ったようだ。

「来ましたか」

ささやき声で太門がきいてくる。

「来たようだ」

低い声で六右衛門は返した。

「太門、おぬしはお宣を守れ。よいか、お宣から決して離れるな」

「承知いたしました。殿はどうされるのでございますか」

静かに立ち上がりながら太門が問う。

「知れたこと。敵を迎え撃つ」

六右衛門も立ち、刀を腰に差した。太門が隣の間の襖を軽く叩いた。

「お宣どの」

小さく呼ぶと、はい、と間髪を容れずに応えがあった。これはお宣の声か、母親のものかはっきりしなかった。

「そちらに行ってもよろしゅうございますか」

「何事ですか」

「刺客がまいりました」

「えっ」

二つの衣擦《きぬず》れの音が聞こえてきた。どうやら二人は着替えをしているようだ。六右衛門は待ちきれなかった。

「太門、頼んだぞ」

太門にうなずきかけてから、六右衛門は部屋を出た。殺気がしているほうを目指し、冷え切った廊下を進む。

刺客は斬らぬほうがよかろうな、と歩きながら思った。峰打ちで戦えなくできれば十分であろう。

廊下をこちらにじりじりと進んでくる影があった。どうやら刺客は三人いるようだ。すでに抜刀していた。

暗いが、夜目が利くから、そのくらいは即座にわかる。身形《みなり》からして三人とも浪人のように思えた。

れっきとした家中の者が、浪人の形をしているわけではないようだ。体からにじみ出る雰囲気が本物の浪人であると、六右衛門に伝えてきている。

相手が生粋の浪人なら、なおさら斬りたくなかった。

――あの三人は、金で雇われたのではあるまいか。たかが商家の娘を屠《ほふ》るために、大事な家臣は出せぬということか。

おそらく音崎力五郎だろうが、刺客を放った者に対し、六右衛門は強烈な怒りが湧いてきた。心を落ち着かせ、ほかに家の中に入り込んだ者がいないか、気配を探ってみた。

どうやら、いないようだ。やってきたのは三人だけらしい。

ならばこの三人を倒せばよいのだ、と六右衛門は判断した。

廊下に立つ六右衛門に気づかずに、三人の浪人は徐々に近づいてくる。夜目は利かないようだ。それだけで、腕のほどが知れるというものだ。

「待て」

六右衛門は三人の前に立ちはだかった。

「なにやつ」

先頭の浪人が誰何《すいか》してきた。

「それはこちらの台詞《せりふ》ではないか」

六右衛門はにやりとしたが、その笑いが三人に見えたとは思えなかった。

「刺客がなにを偉そうにいっておるのだ」

「なにやつだ」

二番目の浪人も同じ問いを放ってきた。

「この家の用心棒だ」

「なにっ」

「おぬしらは、この家が用心棒を雇っていると、聞かされておらなんだか」

用心棒がいるとわかって、三人の浪人はかたまっている。しかも、六右衛門が相当の遣い手であるのを、さすがに肌で感じているようだ。

「このまま黙って立ち去るのなら、わしはおぬしらを傷つけぬ。怪我をしたくなかったら、去るがよい」

「なにをほざく」

六右衛門は眉根を寄せた。

「わしは、おぬしらのことを思っていっているのだぞ。わしの言葉に従うがよい」

「冗談ではない」

「よいか、わしは強いぞ。伊達《だて》に用心棒として雇われてはおらぬ」

「うるさい」

しびれを切らしたように、先頭の男が斬りかかってきた。

もっとも、刀を抜くまでもなかった。六右衛門は深く踏み込み、男の腹に、どす、と拳を入れた。うげっ、と妙な声を上げ、男が前のめりに倒れる。

手を離れた刀が音を立てて転がった。男は廊下に横たわり、もだえ苦しみはじめた。

どうりゃあ、と二人目も斬りかかってきた。横に体を開いて斬撃をかわし、六右衛門は手刀を男の喉に入れた。息の詰まったような声を発し、男が膝から崩れ落ちた。

三人目はどうすべきか迷ったようだ。行くしかないと覚悟を決めたか、きえーと気合をかけて、闇雲に突っ込んできた。

廊下に倒れている二人をよけようとして、男の足の運びが乱れた。六右衛門はしゃがみ込んで、男の足を手でぱしんと払った。

男の両足が高々と上がり、尻から廊下に落ちた。痛っ、と悲鳴を発したが、六右衛門が体の上に馬乗りになると、顔色が蒼白になった。このまま首を切られるとでも思ったのかもしれない。

「まだやるか」

男を見据えて六右衛門はきいた。

「いや、もうよい……」

男の目には怯えの色がある。

「刀を捨てろ」

「わ、わかった」

握っていた刀を男が投げ捨てた。

「誰に頼まれた」

胸ぐらをつかみ、男を引き起こして六右衛門はきいた。

「知らぬ」

「知らぬわけがなかろう。いうのだ」

しかし男はなにも口にしない。黙って六右衛門を見ているだけだ。

「義理を立てておるのか。どうせ、金で頼まれただけであろうが。おぬしらは使い捨ての駒だ。死んでも誰も悲しまぬ」

悔しげに男が顔を歪めた。

「おぬし、妻子はおるのか」

一瞬、間を置いてから男が答えた。

「おる」

「ならば、早く無事な姿を見せてやれ」

「おぬし、わしを解き放つつもりか」

「町奉行所に突き出すのも哀れでならぬ。どうせ、暮らしに窮してこのような儀に及んだのであろう」

「まことに解き放ってもらえるのか」

男の瞳には喜色が浮かびつつあった。

「誰に頼まれたかをいえば、だ」

むっ、と顔をしかめたものの、わかった、とついに男がいった。

「それでよい。誰に頼まれた」

苦しげに息をついてから男が口を開く。

「あれが誰かは知らぬ」

「まだとぼける気か」

顔を近づけて六右衛門は脅した。

「まことのことだ。どこの誰なのか、あの侍は名乗らなかったのだ」

男が必死の顔で言い募る。嘘はついておらぬようだ、と六右衛門は判断した。

「どういう経緯でここに来ることになったか、委細を話せ」

承知した、と男がうなずいた。

「昨晩、この三人で煮売り酒屋で飲んでいると、声をかけてきた侍がいた。酒を奢《おご》ってくれ、その上で、さる娘を殺してくれれば一人につき五両やる、といったのだ。前金で一両、後金で四両という話だった」

「一人五両は大きいな」

うむ、と男が顎を引いた。

「我らにとっては目もくらむような大金だ。その侍は、わしらに十五両の金を見せた。わしらは抗えなかった」

その侍は音崎家の用人かもしれぬな、と六右衛門は思った。

「よく話してくれた」

感謝の意を伝えて、六右衛門は男の上から身を離した。男は大きく息をつき、すぐに起き上がった。

「仲間を連れて去れ」

「まことによいのか」

信じられぬという顔で男がきく。

「わしの気が変わらぬうちに行くのだ」

「か、かたじけない」

痛めた尻をさすりながら男が立ち上がり、いまだに苦しんでいる二人の男を介抱しはじめた。その甲斐があったようで、二人もよろよろと立ち上がった。

六右衛門はかたわらの襖を開け、座敷らしい部屋に入り込んだ。こうすれば、三人が出て行きやすいと思ったからだ。

刀を手にした三人が、六右衛門の前を恐る恐る通り過ぎていく。

「命を大切にするのだぞ」

六右衛門は三人に声をかけた。こわごわと六右衛門を見た三人が、わかったというように同時に顎を引いた。六右衛門は、三人が廊下から姿を消すまで見送った。

——誰も手にかけずに済んだか……。

ほっとした六右衛門だったが、背後に太門が来ていることを知った。

「お宣から離れるなと命じたはずだ」

「それがしは離れておりませぬ」

「なに」

振り向くと、太門の後ろにお宣が立っていた。今はもう怯えたような顔はしていなかった。どこか凜とした光を瞳に宿していた。

「今の三人を殺さずに解き放ったのですね」

六右衛門の前に来てお宣がいった。その声は初めて耳にするものだった。

「いけなかったか。討つべきだったか」

「いえ、あれでよかったかと存じます」

はっきりとした声音でお宣がいい切った。

「もう人が斬られるところは、見たくありませんから」

「お宣、おまえはいったいなにを見たのだ」

お宣の背中に向かって声を発したのは、父親の門太郎だった。

振り返ったお宣は、自分の身に起きたことをすべて語る気になったようだ。門太郎の居間に全員で移り、話を聞くことになった。

背筋を伸ばしてお宣が話しはじめる。

「三日前の夜、お屋敷に喜多八という人が訪ねてきました。お殿さまに用があるとのことでございました。私はお茶を出しに、客座敷にうかがいました。そのときにお殿さまが喜多八と呼んでいるのを聞きました」

喜多八だと、と六右衛門は思った。雷蔵どのが調べていた男ではないか。まさか同名異人ということはないだろう。

「力五郎と喜多八は顔見知りだったのだな」

六右衛門はお宣に確かめた。

「はい、私が聞いた限りでは、そういう風にしか思えませんでした」

「その後どうしたんだい」

門太郎がお宣を急かすようにいった。

「喜多八という男の胡散臭《うさんくさ》さと下品さが気にかかり、私はなんとなくお座敷の近くを離れないようにしていました。すると、喜多八がお殿さまを脅しにかかったのが、襖越しに聞こえてきたのです」

「なんといって喜多八は脅したのだ」

六右衛門はすぐさま質した。

「四人の若い娘を殺したのは力五郎さまでしょう、と決めつけるようにいったのです」

その一件なら、六右衛門の耳にも届いてはいた。深川のほうで四人の娘が立て続けに殺され、死化粧を施されたとのことだった。

なんともいやな事件だと思い、殺された四人の娘が哀れでならなかったが、自分には関わりがないことだと、なんとなく考えていた。

「喜多八によれば、二十五年前、お殿さまは父親に斬り殺された母親を寝床に寝かせ、死化粧を施したそうでございます。その様子を、音崎家の中間だった喜多八は、こっそり見ていたらしいのです」

「喜多八がな……」

雷蔵どのは、と六右衛門は思い出した。喜多八が使っていた口入屋を気にしていた。

——このようなことが頭にあったゆえ、口入屋を当たってみようと思ったのだろうか。

だとしたら、やはり素晴らしい勘の持ち主としかいいようがない。

「喜多八が『お殿さまは殺した四人の娘に、まったく同じ死化粧を施していますね』といいました。喜多八はさらに『あっしは三人目の娘の骸を見ましたが、あのときお殿さまの仕業だと、はっきりわかったんですよ。四人目を殺すところは、この目で見ましたしね』といいました」

「それで」

ごくりと唾を飲んで門太郎が促す。

「お殿さまが『きさまは、わしをつけておったのか』と怒鳴りつけました。『その通りですよ。ほっかむりをして、ね』と喜多八が冷ややかに答えました。そこまでのやり取りを襖越しに聞いて、私の膝はがくがくと震えました。そのあとすぐに、お殿さまが喜多八を害したのがわかりました。甲高い叫び声が聞こえてきたからです」

「なんと」

あまりに驚きが強すぎて、門太郎はそれ以上、声が出ないようだ。

なおもお宣の話は続いた。

「襖を隔てて私がいることにお殿さまが気づきました。『どこまで聞いた』と叫び、追ってこようとしたのです。ただ、袴《はかま》の裾を踏んづけたらしく、その場に倒れ込みました。その隙に、私は屋敷を飛び出しました。喜多八が害されたことにも驚きましたが、それよりもお殿さまが四人の娘を殺した下手人だったことに、胸を抉《えぐ》られたような気がしました。だって四人とも、私と似たような歳の人ばかりだったのですから……。あの屋敷に奉公してこれまで無事だったのは奇跡だったのではないでしょうか」

そういうことだったか、と六右衛門は納得した。この事実を、雷蔵に知らせなければならない。

「太門。疲れているところを済まぬが」

六右衛門は太門を伊香屋敷に走らせた。

四

朝餉を終え、厠にも行った。

——六右衛門のほうは、仕事がうまくいっているだろうか。

あの男のことだから、なんの心配もいらないはずだ。もし刺客が襲ってきたとしても、あっさり退けるにちがいない。

——よし、出かけるとするか。

昨日は喜多八のことをさらに調べようと考えていたが、今は、やはり音崎家のことを探索するほうがよいのでは、という思いに変わっていた。

これからもう一度、口入屋の代松屋を訪ね、音崎家の内情に詳しい商家でも紹介してもらうつもりでいた。おそらく一軒くらい、心当たりがあるにちがいない。

居間を出ようとしたところに、栄之進がやってきた。

「殿、来客にございます」

「こんな早くにか。どなただ」

「なんでも、本所藤代町《ふじしろちょう》で医者をしている篤伸どのの使いとのことでございます。殿は、篤伸どのをご存じですか」

「いや、知らぬ。本所藤代町といえば、両国橋の袂にある町だが……」

誰か知り合いが病にでもかかったのだろうか、と雷蔵は思った。

「ここに通してくれ」

承知いたしました、と栄之進が去った。すぐに一人の若者を連れて戻ってきた。

若者は、誠之助《せいのすけ》と名乗った。篤伸の助手をしているとのことだ。

「それで誠之助、どのような用件でまいったのだ」

誠之助に茶を勧めてから雷蔵は水を向けた。目を細めて茶を飲んだ誠之助が話しはじめる。

「昨晩のことですが、雷神の根付を持った男の人が何者かに斬られ、医療所に担ぎ込まれました」

「雷神の根付だと」

目を鋭くして雷蔵は誠之助を見た。雷神の根付を持っているのは雷蔵を入れて、この世に三人しかいない。

「その男の人は、雷蔵さん、としきりにうなされるようにいっております。頭は丸めており、作務衣を着ていらっしゃいます。伊香さまには、この男の人に心当たりがおありでしょうか」

「それは玄慈だ。斬られたといったが、容体はどうだ。生きているのだな」

「篤伸先生がおっしゃるには、なんとか持ち直したそうでございます」

「それはよかった」

わずかながらも肩の力が抜けた。

「今から玄慈に会いに行きたいのだが、構わぬか」

「もちろんでございます」

「済まぬが、俺は馬で先に行っておる」

「えっ」

びっくりしたように誠之助が瞠目《どうもく》する。

「せっかく来てくれたのに、置いてけぼりにして申し訳ない」

立ち上がった雷蔵は走るように廊下を進み、玄関を出た。厩《うまや》から愛馬の雪風を引き出させ、素早くまたがった。

馬腹を軽く蹴ると雪風が軽快に走り出した。供の米造が後ろについたが、あっという間に引き離されていく。

米造のことは気にしていられない。気になるのは玄慈のことだ。

さすがに雪風は速く、本所藤代町までの二里ばかりの道のりを、四半刻ほどで駆け抜けた。雷蔵は馬を下り、道を歩いていた男に篤伸の医療所がどこにあるかたずねた。親切にもその男は、医療所まで連れていってくれた。

「こちらですよ」

目の前に『医療所』とだけ記された看板が掲げられている建物があった。

「かたじけない」

礼をいうと、職人らしい男はにこりとした。

「いえ、江戸の雷神さまに手前どもは、お世話になりましたから」

男が足早に去っていく。これから職場に向かうのだろう。

驚いたな、と雷蔵は思った。

――俺の顔はそんなに知られておったか……。

町人のために懸命に働いた甲斐があったというものだ。別に見返りを求めていたわけではないが、こういうことがあると、自分なりにがんばってよかったと、素直に思える。

雪風をかたわらの立木につなぎ、雷蔵は医療所の前に立った。

「ごめん」

声をかけて障子戸を開けた。そこは土間になっていた。

履物は置かれていたが、その数は、富士診庵とは比べ物にならなかった。雪駄を脱いだ雷蔵は式台に上がった。雪駄を沓箱に入れ、襖を横に滑らせる。

待合部屋には、三人の患者がいるのみだった。篤伸はあまり腕のよい医者ではないかもしれぬ、との危惧を雷蔵は抱いた。

「済まぬが」

医療部屋があると思える襖に向かって、雷蔵は声をかけた。

「なにかな」

襖が開き、医者が出てきた。この男が篤伸であろう。

「俺は伊香雷蔵という者だ」

「ええっ」

医者も驚いたが、他の患者も仰天した。

「おぬしは篤伸先生ではないのか」

医者の驚きようが意外で、雷蔵は確かめた。

「手前が篤伸です」

胸を張って医者が答えた。

「先生は俺に使いをくれたな」

「はい、差し上げました」

「ならば、俺が来たことに、なにゆえそれほど驚く」

「いえ、こんなに早くお見えになるとは思っていなかったもので。あの、誠之助はいかがいたしました」

きかれて雷蔵は事情を話した。

「ああ、伊香さまは馬でいらしたのですか。誠之助はあとから来るのですね」

「そうだ。それで、玄慈はどこにいる」

最も知りたいことを雷蔵は口にした。

「あの患者は、玄慈さんとおっしゃるのですか。どうぞ、こちらにおいでください」

医療部屋とは別の部屋に、雷蔵は連れていかれた。篤伸が襖を開けると、布団に横たわる男がいた。紛れもなく玄慈である。

足早に歩み寄り、雷蔵は枕元に座した。

「眠っておるのか」

向かいに端座した篤伸に雷蔵はきいた。

「一度、目を覚ましましたが……」

「誠之助から、玄慈は斬られたと聞いたが、張本人はわかっておらぬのだな」

「目を覚ましたといっても、ほんのわずかな間のことでして……。なにも話さぬまま、また眠りに落ちてしまいました」

「そうであったか」

目を上げて、雷蔵は篤伸をまっすぐ見つめた。

「命に別状はないのか」

「もう大丈夫でしょう。玄慈さんはまことに頑丈にできておりますな。この人は、なにがあっても、そうたやすくは死なないと思いますよ」

「ならば、動かしても大丈夫か」

「大丈夫でございます」

しっかりとした口調で篤仲が請け合った。

「玄慈さんをどこかに移すのですか」

「そのつもりだ」

「どちらへ」

「玄慈が喜ぶところだ」

その返事を聞いて、篤仲が怪訝そうな顔になる。

「ならば、玄慈を引き取らせてもらう」

雷蔵は宣するようにいった。

「わかりました」

「それで、代はいかほどだ」

はい、と篤仲がうなずいた。

「いろいろありましたので、五両、いただきます」

これはまたふっかけてきたものだ、と雷蔵は思った。腕は悪くないのかもしれないが、篤仲は代がとにかく高いのだろう。患者があまり来ない理由が知れた。

「五両だな。承知した」

懐から財布を取り出し、雷蔵は五枚の小判を取り出した。

「これでよいか」

篤伸が使っているらしい文机の上に、小判を並べた。篤伸がそれを満足そうに見る。

「けっこうでございます」

笑みを浮かべて篤伸が五両を手に取る。

「では、玄慈を運ばせてもらう」

ちょうどそこに米造がやってきた。急ぎに急いで駆けてきたらしく、息も絶え絶えだ。しばらく休ませて呼吸をととのえさせてから手伝わせ、玄慈を雪風の背にうつ伏せで乗せた。この体勢なら、背中の傷に障るまい。

「よし、米造、まいるぞ」

冷たい風に向かって雷蔵は胸を張った。

「殿、どこにいらっしゃるのでございますか」

「決まっておる。長飛どののところだ」

米造に雪風を引かせ、雷蔵は玄慈が馬から落ちることがないよう、いつでも支えられる位置で目を光らせることにした。

玄慈を落とすことなく、雪風は二里ばかりの道のりを悠々と歩いた。おかげで、玄慈を無事に富士診庵に運び込むことができた。

今日も大勢の患者が来ていたが、雷蔵は長飛に無理をいい、患者たちに頭を下げ、先に玄慈を診てもらった。

篤伸の手当の仕方を見て、長飛が感心した。

「縫い方が見事です。腕のよいお医者ですね」

「ああ、そうなのか」

「大したものです。これだけの手当がしてあれば、なんの心配もいりません」

長飛が太鼓判を押してくれた。

「あとで晒しを替えましょう」

よかった、と雷蔵は胸をなでおろした。

「雷蔵さま、この玄慈さんという方に、いったいなにがあったのですか」

冷静な声音で長飛がきいてきた。

「それがよくわからぬのだ」

雷蔵は首をひねるしかない。

「手当をしてくれた医者の話では、何者かに背中を刀で斬られて、大川に飛び込んで難を逃れたようなのだが……」

「誰にやられたのでしょう」

「それもわからぬ。目を覚ませば、話が聞けるのだが……」

その後、玄慈は別室に運ばれた。雷蔵は枕元にあぐらをかき、玄慈の顔を見つめた。斬られてひどく出血したはずなのに、血色はさほど悪くないように見える。篤伸もいっていたが、玄慈はよほど頑丈にできているようだ。

長飛が玄慈の晒しを替えに来た。手際よく替え終わり、立ち上がろうとした。

「ここは極楽か……」

不意にそんなつぶやきが雷蔵の耳に入った。見ると、玄慈が目を開けていた。

「おっ、気づいたか」

雷蔵は玄慈の顔をのぞき込んだ。

「ああ、雷蔵さん」

玄慈の目が動き、長飛の顔を見つめる。

「天女がいるのかと思った……」

「それで、ここは極楽かといったのか」

「極楽に来ちまったのかと本当に思ったんだ」

「それで玄慈、なにがあった」

居住まいを正して雷蔵は質した。

「ああ、そうか。俺は斬られたんだった」

玄慈がぽつりぽつりと委細を話し出す。

聞き終えた雷蔵は腕組みをした。

「音崎家に忍び込み、当主の力五郎にやられたのか」

「そうだ。俺がおようにあげた手鏡もあった。雷蔵さんに見せるために持って帰ろうとしたのだが、そこをやられちまった」

悔しそうに目を潤ませながら玄慈が顔を歪めた。

「実は、俺も音崎家のことを調べようと思っていた」

雷蔵がいうと、玄慈が目をみはった。

「雷蔵さんが。どういうことだ」

雷蔵は、枡吉という男の無実を晴らすために動き、ようやく音崎家にたどり着いたのだ、と玄慈に告げた。

「雷蔵さんも俺と同じように、音崎家に行き着いたというわけか……」

そうだ、と雷蔵は首肯した。いろいろなものが一気につながった感がある。

「だが、力五郎が下手人であるという証拠がないな」

「居間の用簞笥の中に、やつが娘たちを殺した思い出の品として取ってある簪や櫛がある。

それらが証拠にならぬか」

「おようの手鏡とともに、それらはもう処分されてしまっただろう」

雷蔵の言葉を聞いて玄慈が、くそう、とうなだれる。

「俺がしくじらなければ……」

雷蔵さま、と長飛が不意に呼びかけてきた。なにかな、と雷蔵は顔を向けた。

「私が囮《おとり》になります」

思いがけない長飛の言葉に雷蔵は驚愕した。

「なんだと」

雷蔵は目を険しくして長飛をじっと見た。

「私が囮になり、音崎力五郎を誘い出します」

「ならぬ」

雷蔵は強い口調で止めた。

「なにゆえでございましょう」

気の強さを露わに長飛が問うてきた。

「長飛どのがいくら腕が立つとはいえ、あまりに危険すぎるからだ。玄慈の傷からわかるが、力五郎は相当、腕が立つ。長飛どの、ならぬ。今の話は忘れるのだ」

雷蔵は必死の思いで止めたが、長飛は頑としてうなずかなかった。

――一度いい出したら、聞かぬおなごだからな……。

長崎での二年だけしか一緒ではなかったが、その頃からかなり強情で、意地っ張りな面があった。

しかし、長飛を縄でくくりつけておくわけにもいかない。困ったものだ、と雷蔵は顔をしかめた。

五

玄慈のことを長飛に託した雷蔵は雪風に乗り、米造とともにいったん屋敷に帰った。

今後のことを落ち着いて考えるには、やはり四谷の屋敷が最適なのだ。

屋敷に戻った雷蔵に栄之進が、太門どのがお戻りを待っております、と告げた。雷蔵は客座敷に入り、太門の前に座した。

「六右衛門はどうした」

太門を見つめて雷蔵はきいた。

「今もさるおなごの用心棒についております」

「警固しているのは、おなごだったか。それで太門、なにかあったのか」

はっ、と太門が顎を引く。

「実はこの未明、そのおなごが刺客に襲われました」

そんなことがあったのか、と思ったものの、雷蔵に驚きはない。

「むろん守りきったのだな」

「はい、我が殿が三人の刺客を倒しました」

「さすがだ」

雷蔵は六右衛門に全幅の信頼を置いている。はい、とうれしそうに太門が相槌を打つ。

「そのおなごというのは、山潟屋という呉服問屋の娘御で、お宣どのといいます」

なぜ六右衛門がお宣を警固することになったか、太門が詳らかに語った。

それを聞いて雷蔵は目を見開いた。

「お宣という娘は、喜多八が音崎力五郎に害されたところにいたのか。それで力五郎は口封じのために刺客を送ってきたのか」

むう、と雷蔵はうなるしかなかった。

「喜多八は四人の娘が殺された件で、力五郎を脅していたのか……」

――つまり俺たち三人は、同じ一件に関わりを持っていたのだな。やはり強い絆《きずな》で結ばれているのだ。

驚きしかなかったが、雷蔵はすぐさま冷静さを取り戻した。四人の娘を殺し、死化粧を施した下手人は音崎力五郎だ。お宣は証人になるだろうか、と雷蔵は考えた。それを恐れたからこそ、力五郎は命を狙わせたにちがいない。力五郎は、またお宣の命を狙ってくるかもしれない。今度は本気で来るのではないか。

――だが、六右衛門がついておる。心配はいらぬ。

音崎力五郎のことを、公儀の者に話すほうがよいだろうか。目付は旗本を監視、監察する役目だ。その目付を差配しているのは若年寄である。

――市岡三左衛門さまに話してみるか。お宣が証人になれば、力五郎を捕縛してくれるにちがいない。

しかし、と雷蔵は顔をしかめた。長飛の医療所にやってきたせがれの太郎右衛門の不遜な顔が脳裏をよぎっていった。なんとなくだが、今はやめておくほうがよいような気がした。

――それなら、ほかにどんな手があるだろうか……。

力五郎に直談判《じかだんぱん》し、罪を認めさせるか。それがよかろう、と雷蔵は判断した。

――徹底して問い詰め、それでもし俺に斬りかかってくれば、罪を認めたことになる。

「太門、そなたは六右衛門のもとに戻れ」

「承知いたしました」

畳に両手を揃えた太門がすっくと立ち、客座敷を出ていく。

それを座ったまま見送った雷蔵は、すっかり冷えた茶をごくりと飲み干した。立ち上がるや廊下に出る。

米造を連れ、再び雪風にまたがって、音崎屋敷がある中之郷竹町へ向かった。

吾妻橋を渡って、すぐのところを右に曲がる。中之郷竹町に入るや、馬を下りた。

人にきくと、音崎家の場所が知れた。大川からさほど離れていないところにあった。

「ここか」

屋敷前に立ち、雷蔵はつぶやいた。この屋敷に玄慈は忍び込み、力五郎に斬られたのだ。

雪風を頼む、と雷蔵は愛馬を米造に預けた。

「そなたはここで待っておれ」

「あの、お一人で大丈夫でございますか」

雷蔵は、にこりと米造に微笑みかけた。

「米造、俺を誰と思うておる。江戸の雷神は悪人などにやられはせぬ」

はっ、と米造がかしこまった。

「承知いたしました」

「では行ってまいる」

足を踏み出した雷蔵は長屋門の小窓の前に立ち、朗々たる声を発した。

「それがしは伊香雷蔵と申す。ご当主の音崎力五郎どのにお目にかかりたい」

「えっ、伊香さまでございますか。は、はい、わかりましてございます。いま殿にきいてまいりますので、しばしお待ちください」

来客が誰かわかった門衛が、あわてて長屋門を出ていったのが知れた。

待つほどもなくあわただしい足音が戻ってきた。くぐり戸が開き、門衛が顔をのぞかせる。

「お目にかかるそうでございます」

かたじけない、といって雷蔵はくぐり戸に身をかがめた。

門衛の先導で玄関に進んだ。雪駄を脱いで式台に上がる。

愛刀の伊勢守重郷を、用人らしき目の鋭い侍に手渡した。廊下を歩いて客座敷に入り、端座する。茶が出たが、手はつけなかった。

茶がすっかり冷めた頃、一人の侍が姿を見せた。どこか熱に浮かされたような目をしていることに、雷蔵は気づいた。

雷蔵の前に静かに座り、侍が手にしていた刀を右に置いた。

「音崎力五郎でござる」

侍が丁寧に頭を下げてきた。

「伊香雷蔵にござる」

一礼し、雷蔵も名乗った。

「ご高名な江戸の雷神にお目にかかれてうれしゅうござる」

にこにこと力五郎が笑った。どこか子供のような顔だ。

この男は成長しきっておらぬ、と雷蔵はそんな印象を抱いた。子供のままときが止まっている感じである。

「それで伊香どの、どのような御用でござろうか」

「音崎どのは娘を四人、手にかけたな」

斬り込むように雷蔵はずばりときいた。力五郎が余裕の笑みを見せる。

「いったいなにをおっしゃっているのやら」

「とぼけずともよい。この屋敷に奉公していたお宣の口を封じようともしたな」

「いったいなんの話か、とんとわかりませぬ」

雷蔵は力五郎をにらみつけた。

「殺した四人の娘から奪った思い出の品は、もう処分したか」

「なんのことやら」

「せっかく集めたのに、もったいないことをしたな」

一瞬、力五郎の顔に怒りの色がよぎった。

「やはりもったいないと思っているのだな」

「なんのことか、わからぬ」

雷蔵は力五郎を冷ややかに見た。

「あくまでもしらを切るというのか」

「しらなど切っておらぬ」

「ならば、若年寄の市岡さまに、おぬしのことを報告いたすことにしよう。市岡さまの命《めい》で、目付衆が動くに相違ない。おぬしは捕らえられ、音崎家は取り潰しになろう。それでもよいか」

ふん、と力五郎が鼻を鳴らした。

「ただの世迷言《よまいごと》にござるな」

証拠がない以上、目付が来たところでなにもできぬ、と思っているのだ。

「待っておるがよい」

言い捨てるや雷蔵は立ち上がり、客座敷をあとにした。殺気らしいものを発してはいたものの、力五郎は斬りかかってこなかった。

――ふむ、丸腰も同然の俺を見ても、おのれを抑えられたか。

襖を開けて廊下を進んだ雷蔵に、用人が刀を返してきた。

「おぬしも加担しているのか」

愛刀を腰に差して雷蔵はたずねた。

「山潟屋のお宣に刺客を差し向けたのは、おぬしであろう」

「はて、なんのことでございましょう」

力五郎と同じようにしらっとした顔で、用人が答えた。

「おぬしもあるじと同様、とぼけるか。あきれた主従よな」

用人がぎらりと目を光らせ、雷蔵をねめつけてきた。

「ではな」

用人に笑いかけてから雷蔵は雪駄を履き、玄関を出た。

あの瞳の色からして、と思った。力五郎は明らかに精神《こころ》の病に冒されている。

――ときがたてば、また娘を殺したいとの思いを抑えきれなくなるのではないか。

雷蔵は音崎屋敷の外に出た。雪風を引いて米造が寄ってきた。安堵《あんど》の色を顔一杯に浮かべていた。

「米造、そなたは雪風とともに屋敷に戻れ。雪風を厩に預けたら、四、五人を連れて、またここに来るのだ。承知か」

「承知いたしました」

「では行け」

「殿はいかがなされるのでございますか」

気がかりそうに雷蔵を見て米造が問う。

「この屋敷を見張る。危うい真似はせぬゆえ、安心してよい」

「わかりましてございます」

ほっとしたような顔の米造が雪風を引いて足早に去っていく。

音崎屋敷を見張るのにどこかよい場所はないか、雷蔵は探した。

斬りたかった。斬るのはたやすいように見えた。

脇差しか帯びていない伊香雷蔵の背中は、がら空きに見えた。

雷蔵が誘っているのはわかった。それゆえ力五郎は手を出さなかったわけではない。手が出なかったに過ぎない。

力五郎は雷蔵の迫力に圧倒されたのだ。

――あやつは強い。

脇差の雷蔵と戦っても、まず勝てないことがはっきりとわかった。

――これからどうすればよい。

ここまで来ればじきに捕まるのは、まちがいない。今この瞬間にも目付が踏み込んでくるかもしれない。雷蔵は若年寄に報告した上で、力五郎に会いに来たかもしれないのだ。

用人の植村監物《うえむらけんもつ》がお宣に刺客を差し向けたらしいが、どうやらそれもしくじりに終わったようだ。

捕まれば、どうせ死は免れない。それなら、死ぬ前にもう一人、娘を道連れにしたい。

――いや、しなければならぬ。

力五郎は衝動を抑えきれなくなっている。しかし江戸の雷神がこの屋敷を見張っているかもしれない。いや、まちがいなくそうしているだろう。

だが、と力五郎はほくそ笑んだ。闇に身を紛らわせてしまえば、撒《ま》くのはたやすい。

六

なかなかときが過ぎなかったが、ようやく日が暮れ、六つの鐘が聞こえてきた。

雷蔵は腹が空いてならない。米造が屋敷から握り飯を持ってきてくれたが、それを食べてからなにも腹に入れていない。しかも寒い。熱い蕎麦切りをすすりたかった。

――枡吉の打った蕎麦切りを食べたくてならぬ。

しかし枡吉は牢屋敷の中だ。とにかく早く出してやらなければ、蕎麦切りは食べられない。

それから一刻ばかりが過ぎた頃、音崎屋敷の裏門が開いた。力五郎か、と雷蔵は目を凝らした。

のそりという感じで頭巾の侍が出てきた。

――やはり我慢ができなかったらしい。俺が見張っているのは承知の上だろう。

口に手を当て、ほうほう、と雷蔵は梟《ふくろう》の鳴き声を真似た。これは力五郎が出てきたという合図である。米造は表門を見張っている。

もし力五郎が出てくるなら、裏門であろうと雷蔵は踏んでいた。案の定だった。

頭巾の侍は、人けがいまだにちらほらとある道をすたすたと進んでいく。

一町ほど行ったところで、米造が雷蔵に追いついてきた。

それから半町ほど進んだところで、なにかちがうと雷蔵は直感した。それがなにか、すぐにわかった。

前を行く頭巾の侍は、左肩があまり落ちていないのだ。力五郎の歩き方を真似ているに過ぎない。

――しまった。あれは用人だ。力五郎め、身代わりを立てておった。

米造とともに雷蔵は急いで音崎屋敷に戻った。しかし、そのあたりに力五郎の姿は見えなかった。

なにあわてることはない、と雷蔵は思った。こういうときのために、米造に命じて屋敷から何人かの家臣を連れてこさせたのだ。

その者たちは、この町の要所に配置してある。ほうほう、と梟の鳴き声が聞こえてきた。あれは雷蔵と同様、家臣が梟の鳴き声を真似ているのだ。力五郎が姿を見せたという合図である。

雷蔵は米造とともにそちらに向かった。

「どこだ」

角に立っている家臣の斎藤伊佑《さいとういすけ》にたずねた。

「つい先ほど、この道をまっすぐ行きました」

大川沿いの道を北へ向かったという。

「わかった」

だっと土を蹴って雷蔵は走り出した。米造がついてくる。

二町ばかり行ったところで、頭巾の侍の姿が目に飛び込んできた。左肩が落ちた歩き方をしている。

――いた。

そのとき、ふと誰かがこちらを見ているような気がし、雷蔵は振り返った。何人かの人影が路上に見えるが、雷蔵に目を当てているような者はいない。

――おかしいな。

妙な気がしたが、雷蔵はそのまま頭巾の侍を追った。

それから五町ほど進んだとき、辻から御高祖頭巾《おこそずきん》をした若い娘が、力五郎の前に出てきた。尻を振り、ゆっくりと歩きはじめる。

むっ、と雷蔵は顔をしかめた。

――あれは長飛どのではないか。

まちがいない。御高祖頭巾をしているが、見誤りようがない。

長飛は本当に自らが囮になり、力五郎を捕まえる気でいるのだ。

——なんということをするのだ。

あれほど止めたのに、やはり長飛はいうことを聞かなかった。怒りと不安が湧いてきたが、どうすることもできない。

今は黙って見守るしかない。腹を決め、雷蔵は長飛のもとに、いつでも駆けつけられる体勢を取った。

人けが絶えたのを見計らったか、力五郎が長飛との距離を詰めはじめた。

——やられる。

雷蔵は危ぶんだが、動かなかった。ここで殺すことはあるまいと思っていたからだ。

力五郎が背後から長飛に当身を食らわせた。

驚きの目で米造が雷蔵を見る。雷蔵は米造を手で押さえた。

力五郎の接近に、長飛が気づいていないはずがなかった。わざと当身を食らったのだ、と雷蔵は解していた。

——長飛どのにはなにか考えがあるようだ。

気を失ったふりをしているはずの長飛を担ぎ上げた力五郎が、さらに人けのないほうへと進んでいく。

闇に身を隠しつつ雷蔵は、米造とともに追った。ここはどのあたりか。雷蔵は見極めようとした。多分、寺島村《てらしまむら》であろう。

あたりには緑が広がっているはずだが、闇のせいでほとんど風景は黒一色だ。百姓家らしい建物の影が闇に浮くように散見される。

肥くさい道を歩いていた力五郎が、小走りになった。逸る気持ちを抑えきれないかのようだ。

やがて破れ寺とおぼしき寺に入っていくのが見えた。

雷蔵たちも走り、山門の前に立った。正面に建つ本堂の屋根が落ちかけているのが、闇を透かして見える。

力五郎は本堂に入っていったようだ。雷蔵たちは山門をくぐり、境内に足を踏み入れた。気配を消して本堂に近づいていく。

「米造、そなたはここにおれ」

階段の手前で命じた。米造がうなずく。

雷蔵は階段を昇り、扉を少し開けて本堂の中を見た。

本尊が鎮座していたはずのところに、力五郎が立っていた。肩に担いでいた長飛を床板の上に横たえて、すぐに活を入れた。

長飛がはっと目を覚ます。

——長飛どのは、本当に気を失っていたのではないか。あれは芝居ではなかろう。

力五郎を見て長飛が、あっ、と声を発して立ち上がり、あわてて逃げ出そうとする。

瞳をぎらりと光らせて力五郎が抜刀し、長飛に斬りかかっていく。雷蔵は動かずにいた。長飛どのなら大丈夫だろう、と思った。すぐに殺《や》られることはあるまい。

——四人の娘たちも、こうして人けのない場所に連れてこられ、目を覚まさせられた上で斬り殺されたのだな。

力五郎は、母親が父親に斬り殺された瞬間を再現しているのだろう。

——やはりやつは病に冒されておる。若い頃に受けた心の傷は深く、長じてからも決して癒えることはない。

かわいそうな男だ、と雷蔵は思った。力五郎のせいではない。

「そこまでだ」

刀を抜いて本堂に躍り込み、雷蔵は力五郎に斬りかかった。雷蔵を見つめて長飛が笑顔になる。

力五郎も笑みを浮かべた。

「江戸の雷神め、やはり来たか。この娘を殺れぬのは惜しくてならぬが、おぬしと刃《やいば》を交えられるのは、望外の喜びよ」

こやつは死に場所を求めて外に出てきたのではないか、と雷蔵は思った。

「来い、江戸の雷神。存分に戦おうぞ」

刀を構え、力五郎が雷蔵に向かって吼《ほ》えた。

「承知した」

応じて雷蔵は刀を正眼に構えた。

「行くぞっ」

咆哮《ほうこう》し、力五郎が躍りかかってきた。袈裟懸けに刀を振り下ろしてくる。雷蔵は愛刀の峰で斬撃を弾き返した。

「さすがにやる。これほどに強い打ち返しは初めてだ」

喜びの声を力五郎が上げた。むん、とうなり、刀を再び袈裟懸けに振ってきた。それも雷蔵は打ち返した。

力五郎が姿勢を低くし、下段からの逆袈裟を見舞ってきた。左肩が落ちているせいなのか、刀の出どころが雷蔵には見えなかった。それには面食らったが、さらに驚いたのは、よけたと思った斬撃がぐんと伸び、雷蔵の着物をかすめていったことだ。

——これも左肩が落ちているせいか。驚いたな。

雷蔵に恐怖を与えたと思ったか、力五郎が調子に乗ったのが知れた。下段からの逆袈裟を連続で繰り出してきたのだ。力五郎が刀を振るたびに、伸びが増していく。

着物の至るところをかすられ、雷蔵は後ろに下がり続けるしかなかった。

——こやつは強い。思っていた以上に強い。

斬撃をかわしながら雷蔵は感嘆の思いを抱いた。

——だが、俺は六右衛門と稽古を重ねているのだぞ。

六右衛門の速さに比べたら、力五郎の斬撃など大したことはない。着物を切られているのは、単に力五郎の刀がどのくらい伸びるものか、まだ見極めきれていないからだ。力五郎が何度、刀を振り上げてこようと、体に傷をつけられることはないと、わかっていた。

——そろそろ、攻撃に移らせてもらうとするか。

力五郎の剣はすでに見切った感がある。しかも力五郎は明らかに疲れてきていた。斬撃が鈍くなっている。

——大して鍛えておらぬな。

気合を込めて振り下ろしてきた力五郎の袈裟懸けをかわすや、雷蔵は深く踏み込んだ。

同じように逆袈裟に刀を振り上げていった。

うっ、と力五郎がうめいて、動きを止めた。顎から、たらりと血が滴る。

それに気づき、力五郎が右手を顎にやった。血がついた手のひらを見て、おのれっ、と怒号した。怒りのせいか体が震えている。

刀を振り上げ、雷蔵に斬りかかろうとしたようだが、足がうまく動かなかった。力五郎が戸惑いの表情を見せる。

――うまくいったな。

雷蔵は刀尖《とうせん》を力五郎の顎にわざとかすらせ、体に力が入らなくしたのだ。六右衛門との稽古で受けた技を真似たのである。観察力の賜物だ。

「なんだ、これは」

力五郎の膝ががくりと折れ、尻がどすんと床に落ちた。

「きさま、わしになにをした」

「大したことはしておらぬ」

力五郎に近づき、雷蔵は見下ろした。力五郎の目にもはや戦意はなかった。その証か、刀を放った。刀が床を力なく転がる。

ふう、と力五郎が大きく息をついた。雷蔵を見上げ、問わず語りに話しはじめる。

「本当は、母上を殺した父上を殺したかった。だが、残念ながら父上はもうこの世におらぬ」

「父親の代わりに娘たちを手にかけたのか」

「そうではない。わしは母の死化粧をもう一度、見たかったのだ」

「見ることはできたか」

「できなんだ。見るためには、まだまだ殺さなければならなかった。その娘を殺せず、無念でならぬ」

「殺させるわけにはいかぬ。この女性《にょしょう》は俺の大事な人だ」

「なに、そうだったのか。では、わしは罠《わな》にかけられたのか」

「まあ、そういうことだ」

「きさまが駆けつけるのが異様に早かったのは、そのせいか」

ははは、と力五郎が力ない笑いを漏らした。すぐに真顔になり、脇差を抜いた。目を雷蔵にまっすぐ向け、脇差を首筋に当てる。ためらいなく手前に引いた。ずん、と音がし、血が、しゅーっと噴き出した。

「さらばだ」

いうや力五郎が前のめりに倒れ込んだ。すぐに寝返りを打つように仰向けになった。おびただしい血を流しながらもしばらく生きていたが、じきに息を引き取った。両目は天井を見つめている。

「長飛どの、大丈夫か」

刀を鞘に収め、雷蔵は長飛に近づいた。

「もちろんでございます」

きらきらした目で雷蔵を見つめて長飛が立ち上がる。

「まったく危ない真似をするものよ」

顔をしかめて雷蔵はいった。

「雷蔵さまのお役に立つためなら、私はなんでもいたします」

「しかし、もっと別のやり方があったのではないか」

いいえ、と長飛が大きくかぶりを振った。

「私が囮になることが、最もよい手立てでございました」

自信満々の表情で言い切った。

「しかし、俺が来なかったらどうする気でいたのだ」

ふふふ、と長飛が微笑んだ。

「雷蔵さまが、音崎屋敷を見張っているのは存じておりました。雷蔵さまのあとをつけていたのが誰か、ご存じでございますか。この私でございますよ」

それゆえ、と雷蔵は思った。身代わりまで使った力五郎の前に長飛はあらわれることができたのだ。

――あの目は長飛どのだったのだ。あとをつけていた長飛どのは、別の道を走って俺を追い越し、力五郎の前に出たのだな。

長飛が満面の笑みを浮かべた。その笑顔を見て雷蔵は、かなわぬな、と思った。

「ところで、先ほどの言葉は本音でございますか」

「なんのことだ」

「あら、おとぼけになりますか」

「なんのことか、まことにわからぬ」

長飛に背を向け、雷蔵は外に向かって歩き出した。

「お待ちください」

長飛があとを追ってきた。

「雷蔵さま、お答えください」

答える代わりに、雷蔵は肩をそびやかしただけだ。

七

翌日、町奉行所から解き放たれた枡吉が、伊香屋敷で奉公をはじめた。蕎麦切りを家臣や女中たちに振る舞った。六右衛門と太門、玄慈もいる。

――ああ、うまいなあ。

蕎麦切りを手繰りながら、雷蔵は幸せを噛み締めていた。

音崎家が取り潰しになるのはまちがいなさそうだ。家臣も、喜多八を簀巻《すまき》にして大川に捨てるなど、悪行に加担したからである。いくら力五郎に命じられたからとはいえ、救いようがなかった。

枡吉を背後から殴りつけたのは、音崎家の用人、植村監物と知れた。簀巻にした喜多八がうまく流れていくか見張るように命じられ、大川沿いの道を足早に歩いていた。

力五郎に脇差で刺されたが、喜多八は死んでいなかった。その上、素人の悲しさか簀巻のやり方が甘かったらしく、喜多八が大川を泳ぎはじめたのだ。それを目にした植村はあわてた。

喜多八が岸に近づいていくのを目の当たりにして、植村は駒形堂のところへなんとか先回りした。

だが驚いたことに、無人だと思っていた駒形堂の川端に、一人の男が座していた。息も絶え絶えに泳ぎ着いた喜多八に気づき、助けようとした。

この男を下手人に仕立て上げるしかない、と決意した植村は背後から近づき、男の首筋に手刀を見舞って気絶させた。脇差を抜き、喜多八にとどめを刺した。喜多八はその場で絶命した。

死んだと思っていた喜多八から取り上げていた匕首に、喜多八の血をたっぷりとなすりつけてから男に握らせた。そうした上で、植村はその場を去ったのだ。

とにかく、と雷蔵は思った。枡吉の無実の罪が晴れてよかった。

母親のおみちも喜んでいる。雷蔵はおみちも屋敷に奉公させることにした。枡吉によれば、料理が抜群にうまいらしいのだ。

女中の五十江も包丁は達者だが、劣らぬのではないか、という期待を雷蔵は抱いている。枡吉はおみちの血を継いで、もともと料理の才があったのだろう。

腕のよい親子を迎え入れられて、雷蔵はことのほか満足だった。

——ああ、よい天気だ。

濡縁に座り込み、雷蔵は冷たい大気を存分に吸い込んだ。

本書は書き下ろしです。

中公文庫

江《え》戸《ど》の雷《らい》神《じん》
——死《しに》化《げ》粧《しょう》

2023年2月25日　初版発行

著　者　鈴《すず》木《き》 英《えい》治《じ》

発行者　安部 順一

発行所　中央公論新社
〒100-8152　東京都千代田区大手町1-7-1
電話　販売 03-5299-1730　編集 03-5299-1890
URL https://www.chuko.co.jp/

DTP　平面惑星
印　刷　大日本印刷
製　本　大日本印刷

Published by CHUOKORON-SHINSHA, INC.
Printed in Japan　ISBN978-4-12-207322-7 C1193